東野圭吾 作品集 01

惡意

あくい

東野圭吾 著
婁美蓮 譯

目錄

由不屈的堅持所淬煉出的奇蹟

總導讀——林依俐

如果你問我，東野圭吾是位什麼樣的作家？

我會回答你，他是位不幸的作家。

你一定會覺得奇怪，光是以《嫌疑犯X的獻身》（二〇〇五）一書，便幾乎是囊括了二〇〇六年日本推理文學相關的獎項，同書在日本的銷售量更是打破五十萬大關的「暢銷作家」東野圭吾，怎會有什麼不幸可言？

在說明之前，請讓我先簡單介紹一下東野圭吾這位作家。

東野圭吾在一九五八年生於大阪，大學畢業後進入汽車零件製作公司擔任工程師。由於希望能在工作以外，也能在私生活之中有個較爲不同的目標，所以開始著手撰寫推理小說，投稿日本推理文學代表性的公開徵選長篇小說獎「江戶川亂步獎」。

這並不是東野第一次寫推理小說。早在他十六歲的時候，由於看了小峰元的作品《阿基米德借刀殺人》（一九七三，第十九屆江戶川亂步獎作品）大受感動，之後又讀了松本清張的《點與線》（一九五八）、《零的焦點》（一九五九）等作品。一頭推理熱的他便曾試著撰寫長篇推理小說，而且第一作還是以重大社會問題爲主題。然而由於完成於大學時期的第二作被周遭朋友嫌棄，「寫小說」這件事便從他的生活之中消失了好一陣子。

而獲得亂步獎的夢想讓東野重拾筆桿。在歷經兩次落選後，他的第三次挑戰——以發生在女子高中校園裡的連續殺人事件爲主軸展開的青春推理《放學後》（一九八五）——成功奪下了第三十一屆江戶川亂步獎。之後他很快地辭了工作，前往東京致力於寫作。自從一九八五年《放學後》出版以後，東野圭吾幾乎是每年都會有一到三部甚至更多的新作問世。他不但是個著作等身的多產作家，其筆下的內容也橫跨了推理、幽默、科幻、歷史、社會諷刺等，文字表現平實，但手法卻絲毫不拘泥於形式，多變多樣。

看到這裡，如果你對於近年的日本推理有一定程度的瞭解，或許你會聯想到宮部美幸——多彩的文風、平實的敘述、充滿令人訝異的意外性；但是在兩者之間卻又有著決定性的不同。

那就是——相對於宮部美幸出道約二十年來，陸續囊括高達十項的日本各式文學獎，筆下著作本本暢銷；東野圭吾卻是一直與日本的各式文學獎項擦肩而過，且眞正開始被稱爲「暢銷作家」，也是出道後過了十多年的事。

實際上在《嫌疑犯X的獻身》同時獲得直木獎與本格推理大獎，並且達成日本推理小說三大排行榜——「這本推理小說了不起！」、「本格推理小說BEST10」、「週刊文春推理小說BEST10」——前所未有的三冠王之前，東野出道二十年來所寫下的六十本小說（包含短篇集）裡，除了在一九九九年以《秘密》（一九九八）一書獲得第五十二屆日本推理作家協會獎之外，其他作品雖然是一再入圍直木獎、吉川英治文學新人獎等獎項，卻總是鎩羽而歸。

在銷售方面，他也不是那種只要出書就都大賣的暢銷作家。在打著「江戶川亂步獎」招牌的出道作《放學後》創下十萬冊的銷售記錄之後（江戶川亂步獎作品通常都能賣到十萬冊），整整歷經了十年，東野才終於以《名偵探的守則》（一九九六）打破這個記錄，而眞正能跟「暢銷」兩字確實結緣，則是在《秘密》之後的事了。

或許是出道作《放學後》帶給文壇「青春校園推理能手」的印象過爲深刻，東野圭吾本人雖然一直想剝下這樣的標籤，過程卻並不太順利。書評家們往往不是很關心他在寫作上的新挑戰。這也難怪，在東野出道後兩年，也就是一九八七年，以綾辻行人等年輕作家爲首，提倡復古新說推理小說的「新本格派」盛大興起。從文風與題材選擇看來，東野圭吾作品的用字簡單，謎題不求華麗炫目，內容既不夠社會派又不像新本格，自然不會是書評家們熱心關注的對象。

就這樣出道十餘年，雖然作品一再入圍文學獎項，卻總是沒能夠拿到大獎；多少有機會再版，卻總是無法收得大暢銷；傾注全力的自信作，卻連在雜誌的書評欄都佔不到個像樣的位置。

所以我才會說，東野圭吾是個不幸的作家。說眞話這何止只是不幸，實在是坎坷，簡直像是不當的拷問。

在獲得江戶川亂步獎後，抱著成爲「靠寫作吃飯」之職業作家的決心，東野圭吾辭去了在大阪的穩定工作來到了東京。這個決定使得他沒有退路，不管遭遇什麼樣的挫折，都只能選擇前進。於是只要有機會寫，東野圭吾幾乎什麼都寫。

二〇〇五年初，個人有幸得以見到東野圭吾本人並進行訪談時，曾經談到關於他剛出道不久時，在推理小說的範疇內不斷挑戰各式題材的時期之心境。他是這麼回答的。

「那時的我只是非常單純地覺得自己必須持續寫下去，必須持續地出書而已。只要能夠持續出書，就算作品乏人問津，至少還有些版稅收入可以過活；只要能夠持續地發表作品，至少就不會被出版界忘記。出道後的三、五年裡，我幾乎都是以這種態度在撰寫作品。」

不過畢竟是背負著亂步獎的招牌出道，畢竟是身處日本泡沫經濟蓬勃、推理小說新風潮再起的八〇年代後半至九〇年代，向其邀稿的出版社當然也都希望東野圭吾能夠以「推理」爲主題書寫。配合這樣的要求，以及企圖擺脫貼在自己身上那「青春校園推理」標籤的渴望，東野嘗試了許多新的切入點，使出渾身解數試著吸引讀者與文壇的注意。於是古典、趣味、科學、日常、幻想，在他筆下似乎沒有什麼題材不能入推理，似乎沒有題材不能成爲故事的要素。或許一開始只是爲了貫徹作家生活而進行的掙扎，但隨著作品群的日漸累積，曾幾何時也讓東野圭吾在日本文壇之中，確實具備了「作風多變多樣」這難以被輕易取代的獨特性。

是的，東野圭吾是位不幸的作家。但也因此我們才得以見到，那些誕生於他坎坷的作家路上，由歷經幾多挫折仍不屈的堅持所淬煉而成，在簡素之中卻有著數不清面貌的故事。以讀者的角度而言，能與這樣的作家共處同一個時代，還眞是宛如遭遇奇蹟一般的幸運。

在推理的範疇裡，東野圭吾不曾吝惜挑戰現狀。從初期以詭計爲中心的作品，漸漸發展出許多具有獨創性，甚至是實驗性的方向。其中又以貫徹「解明動機」要素（WHYDUNIT）的《惡意》（一九九六）、貫徹「找尋兇手」要素（WHODUNIT）的《其中一個殺了她》（一九九六）、貫徹「分析手法」要素（HOWDUNIT）的《偵探伽利略》（一九九八）三作，可說是東野在踏襲傳統推理小說元素之下，卻又充分呈現了屬於現代風貌的鮮麗代表作。

而出身於理工科系的背景，也讓東野在相較之下，比其他作家更擅長消化並駕馭以科技爲主軸的題材。像是利用運動科學的《鳥人計畫》（一九八九）、涉及腦科學的《宿命》（一九九○）和《變身》（一九九一）、生物複製技術的《變身》（一九九一）、虛擬實境的《平行世界戀愛故事》（一九九五），還有之後以湯川學爲主角展開的「伽利略系列」裡，東野都確實地將自己熟悉的理工題材，在分解組合後以最簡明的方式呈現在讀者眼前。

另一方面，如同「處女作是作家的一切」這俗語所述，高中第一次寫推理小說便企圖切入當時社會問題的東野圭吾，由《以前我死去的家》（一九九四）中牽涉兒童虐待的副主題爲開端，對於社會人心的描寫，似乎也成了他作家生涯的重要課題。例如以核能發電廠爲舞台的《天空之蜂》（一九九五）、試探日本升學教育問題的《湖邊凶殺案》（二○○二）、直指犯罪被害人及加害人家族問題的《信》（二○○三）和《徬徨之刃》（二○○四），都在在顯露出東野對於刻畫社會問題與人性的執著。

東野圭吾這種立足於推理，進而衍生至科技與人性主題上的寫作傾向，在發表於二○○五年的《嫌疑犯X的獻身》中，可說是達到了奇蹟似的調和，也因爲這部作品，在二〇〇六年收得各種獎項，讓東野圭吾正式名列「家喻戶曉的暢銷作家」之列。加上這幾年來，東野作品的紛紛電視電影化，他的不幸時代成爲過去，並站上前人未達之高峰。二十年來的作家生涯開花結果，創造了日本推理文壇近年來難得一見的奇蹟。

好了，別再看導讀了。快點翻開書頁，用你自己的眼睛與頭腦，去感受確認東野作品中理性與感性並存，而又是如此引人入勝的獨特魅力吧！那將會勝於我在這裡所寫的千言萬語。

本文作者介紹

動漫畫、文學愛好者，曾前往日本學習動畫製作。目前爲《挑戰者》月刊總編輯。

推薦序一

一部令人訝然的本格推理傑作

藍霄

以本格推理爲創作核心的東野圭吾，他的作品，對我個人而言始終相當地對味。

對台灣推理迷而言，東野圭吾並不陌生，因爲從一九八九年的《畢業前殺人遊戲》起，台灣總共翻譯了東野圭吾四本本格推理、一本推理諷刺小說、一本幻想懸疑小說，一本圖文繪本，三十篇左右清一色本格短篇推理以及一套推理日劇與一部電影。

對於這位中文作品翻譯量不少的日本推理小說作家，台灣推理迷覺得「不陌生」並不稀奇，但是對於不陌生的作家的中譯作品卻少見失望的批評，則是相當不尋常的現象。

《畢業—雪月花殺人遊戲》當初並沒有引起多大的注意，直到一九九一年的中譯本《放學後》推出後，這才奠定東野圭吾在台灣推理迷心中地位。

《放學後》是一九八五年第三十一屆江戶川亂步獎的得獎作品，該屆還有另一位共同得主，是以《莫札特不唱搖籃曲》獲獎的森雅裕，這兩本書都有中譯本，但是後者受讀者矚目與喜愛程度明顯與前者有極大的落差，尤其在推理小說隱晦的翻譯年代，《放學後》還與島田莊司的《占星術殺人事件》、高木彬光的《紋身殺人事件》（中譯本均於一九八八年出版）並列爲日後台灣推理迷心目中的「夢幻逸本」。

若是作品本身水準不高，哪有可能會被年經一代的推理迷視為「夢幻逸本」？《放學後》創作型態可以說是把東野圭吾作品整體風格作了一個相當好的註腳：「眞相背後還有眞相，意外之後還有逆轉；情節感人，人物刻劃生動活潑，節奏明快之青春氣息洋溢的校園推理；沒有詰屈聱牙令人生畏的情報化知識，有的是純粹本格推理的妙味」。

當年還是學生身份的我，有幸可以一窺《放學後》的全貌，對我的衝擊，不是作者以二十七歲之齡寫出這等傑作，而是評論家「東野圭吾是進步型的作家，後來的作品之水準很少低於之前的作品。」這等評價之言，我很難想像已經寫出《放學後》水準的作家，日後還要進步？要進步到什麼程度？

不過，後來知道東野圭吾數度逼近直木獎，以《祕密》獲得第五十二屆日本推理作家協會獎，我自然認為這是實力雄厚的他理所當然的成就。也漸漸能理解這個訊息：《放學後》與東野圭吾本身其他作品相比，其實只是中等作品。

所以一些評價在前的作品：諸如《白夜行》、《信》、《宿命》……以及本作《惡意》，是多麼令包含我在內的台灣推理迷引頸期盼。

東野圭吾近年來寫作觸角逐漸多樣化，然而我始終相信「本格推理」是他的寫作核心，但是他的本格推理小說觀到底是什麼呢？

比較少見他對於推理小說理論作長篇大論的論述，所以認識他的本格推理想法，其實還是得從他的作品中來瞭解，對於會寫出《名偵探的守則》、《名偵探的呪縛》、《超．殺人事件——推理作家的苦惱》這種諷刺本格推理偏鋒的作品不難令人猜出東野圭吾心中在想什麼。

東野圭吾是創作「寫實型本格推理小說」的能手，所以他的小說中的閱讀餘味一向令人滿足感十足，他的小說中比較不會看到「詭計過於華麗，華麗到難以實行。」「謎團過於詭譎，詭譎到難以收尾。」「意外性百分百，公平性卻不及格」等等一些失敗的浪漫型本格推理的弊病。《惡意》的發表時間和《名探偵的守則》、《名偵探的呪縛》相去不遠，卻是標準的東野圭吾式的本格推理，也最能反映東野心中對於本格推理的想法。

對於推理小說好不好看，我一向抱持著得自己看過才算數的「龜毛」態度。這次我是拿著榔頭，帶著挑剔的監工眼光打算來敲打查收《惡意》這本東野的迷宮建築是否名不虛傳。

直到最後一頁，我只有訝然，榔頭根本找不到偷工減料的地方敲下去，這是一本結構相當完整的一流傑作，視點、邏輯、伏筆、動機、意外性、公平性安排都幾近滿分（除了最後的一次轉折某個小細節），對於台灣推理創作者與讀者而言，也是創作與閱讀本格推理的範本，因爲它把「本格推理不該有贅物贅述」的觀念發揮到淋漓盡致。

因爲是偏向敘述性詭計的安排方式，讀來別有一番滋味，文章幾個地方都可以結束斷成一篇獨立的推理小說，然而若是那樣，《惡意》的成績絕不會是如此令人訝然，想要回味前述《放學後》所引出的東野圭吾作品註腳風格樂趣的讀者，絕對必須堅持至最後一頁。

《惡意》的偵探角色，是東野圭吾筆下那位帶有書生斯文氣息的刑警加賀恭一郎，對於這位偵探的背景，此書交代的相當詳細，台灣讀者也可以從《畢業—雪月花殺人遊戲》、《再一個謊言》中譯短篇系列來進一步欣賞他的偵探魅力。

（本文作者爲推理小說作家）

推薦序二

我所知道的東野圭吾

既晴

一

日本推理小說大量翻譯來台的第一波熱潮，最早可見於一九八〇年代，由社會派開山祖師松本清張、旅情推理先驅西村京太郎、幽默推理快手赤川次郎所組成的「暢銷推理鐵三角」引動；而後有仁木悅子、夏樹靜子與山村美紗三位日本最傑出的女性推理作家，以及土屋隆夫、森村誠一兩位寫實推理大師。這八位推理作家的作品，囊括了當時超過半數的台灣日譯推理出版品。

日本發展的腳步經常成爲台灣走向的先行者，於是，在這些推理小說裡所描繪、構築的日本風情，無論是鐵路交通、科技發明，甚至是新型態的人際關係，在台灣推理讀者的眼中，都變得令人好奇，令人充滿興趣一探究竟。

同樣的，起源自美國、蓬勃於英國，原屬於二十世紀歐美文化一部份的推理小說，在日本推理作家的努力下融入東方色彩，也使得民情相近的台灣更覺得可親。

透過推理小說了解日本，抑或透過日本了解推理小說，成爲台灣讀者一種揉合休閒、益智、人文、知識的嶄新角度。

承其風潮，包括出道年代更早的浪漫本格巨匠橫溝正史、華裔文史國寶陳舜臣、法律專家和久峻三，以及時代較爲晚近的唯美派名家連城三紀彥、新本格旗手綾辻行人，亦有規模不小的作品譯介數量，使日本推理閱讀的多樣性選擇更爲豐富。

對身爲推理小說迷的我而言，能夠一舉閱覽日本重量級作家的大半作品，固然是名山盡數的淋漓享受，而在另一方面，我卻也在深究日本推理小說史的同時，不時把目光投注在一些台灣所知不多、譯作屈指可數，實爲身懷推理絕技的陌生作家身上。

例如被譽爲「日本推理之父」的江戶川亂步、「新本格教父」的島田莊司、寫出《大誘拐》天藤眞、「妖怪作家」京極夏彥……等等，都是在讀完寥寥可數的一兩篇作品之後，隨即心醉神迷、嚮往不已的景仰對象。

而在其中，最令我感到迷惑的作家，則是本書《惡意》的作者——東野圭吾。

二

初次認識東野圭吾，是從他於一九八五年榮獲第三十一屆江戶川亂步獎的作品《放學後》開始的。東野圭吾，一九五八年生於大阪，大阪大學電機工程系畢業，獲獎當時十分年輕，只有二十七歲，僅次於二十五歲獲獎的栗本薰和二十六歲獲獎的井澤元彥。

也許是作者並未脫離學生時代太久，《放學後》以校園爲背景，描述一樁發生在高中射箭社的密室謀殺案，字裡行間流露出高中生在介於成年與未成年之間所特有的感傷哀愁氣息，甚至超越氛圍類似、小峰元獲得第十九屆江戶川亂步獎的作品《阿基米德借刀殺人》。另外，由於東野在大學時即是學校的射箭社主將，對於箭道之細節種種，自能細膩掌握，而故事中密室詭計的獨創手法，則論者多認爲歷屆江戶川亂步獎所罕見。

以校園推理堂堂出道的東野圭吾，在接下來的兩年內，精力充沛地發表了《畢業—雪月花殺人遊戲》、《學生街的殺人》、《11文字謀殺案》及《魔球》等校園解謎推理，迅速晉升日本推理新一輩的中堅作家。

事實上，一九八〇年代的日本推理，在松本清張崛起並橫掃文壇、橫溝正史創作力下降乃至於逝世，社會派一家獨大，屬於傳統解謎的本格派，聲勢則幾乎江河日下、一蹶不振，在文壇已鮮有容身空間。堅持以本格推理創作爲主的新人，當時也只有少數如泡坂妻夫、笠井潔及島田莊司，而東野圭吾則是當中唯一的獲獎作家，加上質量兼具的亮眼成績，更爲衰微的本格派注入一股新氣象。

一九八七年，綾辻行人《殺人十角館》引起廣泛爭議，爲本格復興時代帶來一線契機，而接續登場、氣勢不凡的折原一、北村薰、山口雅也等新銳作家亦倍受注目，正式開啓新本格時代。

在新浪潮來臨的刺激下，原本被定位於專寫校園推理的東野圭吾，一九八九年間發表的《十字豪宅小丑》、《沉睡的森林》和《鳥人計劃》，卻表現了跳脫既定窠臼的強烈企圖心，徹底扭轉讀者對他的既定印象。無論是取材的範圍、形式的多樣、詭局的佈置，在在令人耳目一新，而唯一未曾改變過的，則是東野對本格推理的熱愛。

九〇年代的東野圭吾，創作力更具爆發力，十年之間，每年都能發表至少兩部、多則四部的新作，無論是正統的解謎推理、或混合科幻、言情成分，甚至是充滿實驗色彩的敘述性詭計，務使讀者眼花撩亂、美不勝收。這就是讓我充滿迷惑的主要原因：「爲什麼本格推理到了東野圭吾的手上，就是能夠玩出那麼多不可思議的花樣？」

一九九六年是東野聲勢如日中天的一年，不僅一口氣推出了特色互異的五部小說，其中《名偵探的守則》、《誰殺了她》及本書《惡意》更連續造成轟動，爲東野源源不絕的創造力及不斷自我挑戰、自我超越的無限能耐擊節驚嘆。

無論是採取自嘲娛人角度、以諷刺本格推理之戲作，或是提供完整線索、讓讀者公平參與的鬥智競技，還是將手記敘事之可能性發揮無遺的《惡意》，均展露了東野強大的寫作才華。《惡意》一作是東野圭吾筆下出場最多次的系列偵探，刑警加賀恭一郎之第四部探案，加賀個性溫和，辦案態度卻幹練至極，決不放過案情絲毫可疑之處，非查個眞相大白、水落石出不可。這號猶如獵犬般的人物，亦使偵探與兇手之間的鬥智過程扣人心弦、張力倍增。無怪乎東野在推理迷心目中的最佳作品，《惡意》總是名列前茅。

一九九八年的《祕密》，則讓東野圭吾於隔年獲頒第五十二屆日本推理作家協會獎殊榮，這部融合親情、愛情、青春、幻想等多重元素，流洩淡淡哀愁氣氛卻又加入推理技巧的特異作品，後並改編成小林薰、廣末涼子主演的電影，吸引了推理讀者以外的眾多影迷。

二〇〇〇年以後，東野仍然馬不停蹄地繼續發表《白夜行》、《再一個謊言》、《超·殺人事件》、《綁架遊戲》和《殺人之門》等多篇新作，部部叫好叫座，讀者群分布極廣，經典地位已無可取代。回顧出道近二十年來的創作成績，長短篇作品累積竟已超過五十種，而東野圭吾毫無江郎才盡之色，相信在新世紀來臨之際，東野必然會帶給讀者更新穎、更多變的閱讀享受，在讀完人性黑暗面隱隱流竄的《惡意》後，掩卷之餘，我非常期待能繼續見到東野筆力精湛、啓發性十足的更多表現。

（本文作者爲推理小說作家）

東野圭吾創作年表

一九八五年《放學後》（第三十一屆江戶川亂步獎）

一九八六年《畢業——雪月花殺人遊戲》

《白馬山莊殺人事件》

一九八七年《學生街的殺人》

《11文字的殺人》

一九八八年《魔球》

《以眨眼乾杯》

《浪花少年偵探團》

一九八九年《十字豪宅的小丑》

《沉睡的森林》

《鳥人計畫》

《布魯塔斯的心臟——完全犯罪殺人接力》

《殺人現場在雲端

一九九〇年

《宿命》★

《面具山莊殺人事件》

《偵探俱樂部》

《沒有犯人的殺人夜晚》

一九九一年

《變身》

《迴廊亭殺人事件》

《天使之耳》

一九九二年

《雪地殺機》

《美麗的凶器》

一九九三年

《同班同學》

《分身》

《向忍老師說再見——浪花少年偵探團・獨立篇》

一九九四年 《我以前死去的家》
《操縱彩虹的少年》
《怪人們》
一九九五年 《平行世界的愛情故事》
《天空之蜂》
《那個時候我們都是傻瓜》（散文集）
《怪笑小說》
一九九六年 《誰殺了她》
《惡意》★
《名偵探的守則》
《名偵探的咒縛》
《毒笑小說》
一九九八年 《秘密》（第五十二屆日本推理作家協會獎、第一百二十屆直木獎入圍作）
《偵探伽利略》★
一九九九年 《我殺了他》
《白夜行》★（第一百二十二屆直木獎入圍作）

二〇〇〇年《再一個謊言》
《預知夢》★
二〇〇一年《暗戀》★（第一百二十五屆直木獎入圍作）
《超・殺人事件》★
二〇〇二年《湖邊凶殺案》★
二〇〇二年《時生》
《綁架遊戲》★
二〇〇三年《信件》（第一百二十九屆直木獎入圍作）
《殺人之門》★
《我是非情勤》（註）
二〇〇四年《幻夜》（第一百三十一屆直木獎入圍作）
《挑戰？》（散文集）
《徬徨的刀刃》
二〇〇五年《黑笑小說》

註：本書書名和「非常勤」（中文意爲兼任）同音，是作者特別設定的雙關語趣味。

《嫌疑犯X的獻身》★　（第一百三十四屆直木獎、第六屆本格推理小說大獎）

二〇〇六年　《夢回杜林》（散文集）

《紅色手指》

★表示獨步已出版以及即將出版的作品，其餘的作品名稱爲暫譯。

事件之章

野野口修的筆記

一

事情發生在四月十六日、星期二。

那天下午三點半我從家裡出發，前往日高邦彥的住處。日高家距離我住的地方僅隔一站電車的路程，到達車站改搭巴士，再走上一小段路的時間，大約二十分鐘就到了。

平常就算沒什麼事，我也常到日高家走走，不過那天卻是有特別的事要辦。這麼說好了，要是錯過那天，我就再也見不到他了。

他的家就座落在美麗整齊的住宅區裡，區內清一色是高級住宅，其中偶爾可見一般稱之爲豪宅的氣派房子。這附近曾經是一片雜樹林，有不少住家依然在庭院裡保有原本的林相。圍牆內山毛櫸和櫟樹長得十分茂盛，濃密的樹蔭覆滿整條巷道裡。

嚴格說起來，這附近的路並沒有那麼狹窄，可是一律給規劃成了單行道。或許講究行走的安全也是身分地位的一種表徵吧！

幾年前，當我聽到日高買了這附近的房子時，心裡就想，果不出所料。對於在這個地區長大的少年而言，把家買在這裡乃人生必須實現的夢想之一。

日高家稱不上豪宅，不過光夫妻倆來住的話，可說綽綽有餘、十分寬敞。主屋採用的屋頂形式雖是純日本風，不過邊窗、拱型的玄關、二樓窗際的花壇則全是西式的設計。這些想必是夫妻倆各拿一半主意的結果？不，就磚造的圍牆來看，應該是夫人比較佔上風。她曾經透露，一直想住在歐洲古堡般的家裡。

更正，不是夫人，應該說是「前夫人」才對。

沿著磚造的圍牆走，我終於來到方形紅磚砌起的大門前，按下了門鈴。

等了很久都沒人來應門，我往停車場一看，日高的ＳＡＡＢ車不在，可能是出門去了。

這下要如何打發時間？我突然想起那株櫻花。日高家的庭院裡，種了一株八重櫻，上次來的時候只有三分開，算算已經又過了十天，不知現在怎麼樣了？

雖然是別人的家，不過仗著自己是主人朋友的份上，就不請自入了。通往玄關的小路在途中岔了開來，往建築的南邊延伸而去。我踏上小徑，朝庭院的方向走。

櫻花早已散落一地，樹枝上還殘留著幾許可堪觀賞的花瓣。不過這會兒我可無心觀賞，因爲有個陌生的女人站在那裡。

那女人彎著腰，好像正看著地上的什麼東西。她身著簡便的牛仔褲和毛衣，手裡拿著一塊像白布的東西。

「請問，」我出聲問道。女子好像嚇了一大跳，猛地轉過身來，迅速地挺直腰桿。

「啊！對不起。」她說：「我的東西被風吹到院子裡了，因爲這家人好像不在，所以我就自己進來了。」她將手裡的東西拿給我看，是一頂白色的帽子。

她的年齡看來應在三十五到四十之間，眼睛、鼻子、嘴巴都很小，長相平凡，臉色也不太好看。

剛才的風有那麼強，會把帽子吹掉？我心裡犯著嘀咕。

「您好像很專注地在審視地面呢。」

「欸，因爲草皮很漂亮，我在猜，不知是怎麼保養的。」

「唔，這我就不知道了，這是我朋友的家。」

她點了點頭，好像知道我不是這家的主人。

「不好意思打擾了！」她點了點頭，與我擦身而過，往門那一頭走去。

之後大概過了五分鐘左右吧，停車場那邊傳來車子引擎的聲音，好像是日高回來了。

我走回玄關時，深藍色的轎車正倒車駛入停車場，駕駛座上的日高注意到我來了，向我微微地點了個頭。駕駛座旁的理惠，一邊微笑一邊對我解釋。

「對不起，本想出門去買點東西，結果碰到了大塞車，眞傷腦筋。」

一下車，日高馬上舉起手做了個手刀的姿勢，表示抱歉。「等很久了嗎？」

「沒有，並沒有多久，我跑去院子看櫻花了。」

「已經開始凋落了吧？」

「有一點，不過眞是棵漂亮的樹呢。」

「開花的時候是很好啦，之後就麻煩了。工作室的窗口離得比較近，毛毛蟲都從外面跑進來了。」

「這就傷腦筋了。不過，反正你也不會在這裡工作了，對吧？」

「嗯，一想到可以從那毛毛蟲地獄裡逃出來，我就鬆了一口氣。啊，還是先進來吧，我們還留著一些器具，可以請你喝杯咖啡。」

通過垂拱的玄關，我們陸續進入屋裡。

屋子已經整理得差不多，原先牆壁上的掛畫也收了起來。

「你們行李都收拾好了？」我問日高。

「除了工作室外，大致都收拾好了，剩下的就交給搬家公司了。」

「今晚打算住在哪裡？」

「早就定好皇冠飯店了。不過我可能要睡在這裡。」

我和日高走進工作室。那是一間約十張塌塌米大的西式房間，裡面只剩下電腦、書桌和一個小書架，顯得空蕩蕩的，其餘的東西大概都打包了吧。

「這麼說來，你明天還有稿子要交差囉？」

日高眉頭一皺，點了點頭。

「連載的部分還剩下一回，預定今晚半夜要傳給出版社，所以到現在電話都沒敢切斷。」

「是聰明社月刊的稿子吧？」

「是啊。」

「還有幾頁要寫？」

「三十頁。啊，總會有辦法的。」

房裡有兩張椅子，我們各坐在書桌一角的兩側，不久，理惠端了咖啡進來。

「不知溫哥華的天氣怎樣，應該比這邊冷吧？」我向兩人問道。

「因爲緯度完全不一樣，所以冷多了。」

「不過能過個涼涼爽爽的夏天眞是不錯。一直待在冷氣房裡，對身體不好。」

「待在涼爽的屋子裡順利工作……如果能這樣就太好了，不過大概不可能吧？」日高自嘲地笑著。

「野野口先生，到時您一定要來玩喔，我可以當您的嚮導。」

「謝謝，我一定去。」

「你們慢慢聊。」說完，理惠就離開了房間。

日高拿著咖啡杯站了起來，倚在窗邊向庭院眺望。

「能看到這株櫻花盛開的樣子眞好。」他說。

「從明年起，我會拍下開花的美麗照片，寄到加拿大給你。對了，加拿大那邊也有櫻花吧？」

「不知道。不過即將搬進去的房子附近好像沒有。」他啜著咖啡說道。

「說到這個，我剛剛在院子裡碰到一個奇怪的女人。」我本來有點猶豫，不知該不該說，後來還是決定讓他知道比較好。

「奇怪的女人？」日高挑起了眉毛。

我把剛剛的情景說給他聽，結果他的表情從一開始的訝異轉爲瞭然於胸的神態。

「你說的那個女的是否長得像木刻的鄉土玩偶？」

「啊，沒錯，經你這麼一說，好像眞是這樣。」日高比喻得眞貼切，我笑了出來。

「她好像姓新見，住在這附近。外表看來比實際年齡年輕，不過應該已經超過四十了。有一個讀國中的兒子——是個不折不扣的小混蛋。丈夫很少在家，大概是一個人在外地工作吧，這是理惠的推斷。」

「你知道得還眞詳細呢，你們感情很好啊？」

「和那個女人？怎麼可能！」他把窗子打開，拉起紗窗，涼風徐徐地吹了進來，風裡混雜著樹葉的味道。「正好相反，」他繼續說道：「應該說她恨我們比較恰當。」

「恨？她看起來很正常啊！是什麼原因？」

「爲了貓。」

「貓？這和貓有什麼關係？」

「最近那個女的養的貓死了。聽說是忽然倒在路邊，帶牠去看獸醫，結果獸醫說，那隻貓可能被人下了毒。」

「這和你又有什麼關係？」

「她似乎懷疑貓是吃了我做的毒丸子才死的。」

「你？爲什麼她會這麼認爲？」

「就是這篇，」日高從僅存的那方書架裡抽出一本月刊，打開書頁放到我的面前：「你讀讀這個。」

那是一則約半頁篇幅的短文，題目爲〈忍耐的極限〉，文章上方擺著日高的照片。內容主要是說到處亂跑的貓帶給自己多大的困擾：早上，院子裡一定會出現貓糞；車子停在停車場，引擎蓋上佈滿貓的腳印；花盆裡植物的葉子被啃得亂七八糟。雖然知道這些罪行全是一隻白棕色的花貓犯下的，卻苦無對策。就算立了一整排保特瓶擋牠，也一點效果都沒有。每天每天都在挑戰自己忍耐的極限……內容大概是這樣。

「死掉的那隻貓是白棕斑點的？」

「唔，好像是這樣。」

「那難怪了，」我苦笑著，點了點頭：「她懷疑你也不是沒道理的。」

「上個禮拜吧，她氣沖沖地跑到這裡來，雖然沒指名道姓說是我下的毒，不過話裡就是這個意思。雖然理惠生氣地說：『我們才不會幹這種事！』，並將她轟了回去，不過就她在院子裡徘徊的行徑看來，想必還在懷疑我們。大概想找尋是否有毒丸子殘餘的痕跡吧？」

「還眞是執著呢！」

「那種女人就是這樣。」

「她不知道你們就要搬到加拿大去住了嗎？」

「理惠有跟她說啊，說我們下禮拜就要到溫哥華住上好一陣子，所以你們家的貓再怎麼作亂，我們也只要忍耐一下子就好了。這樣看來，理惠倒也蠻強悍的呢。」日高好像覺得頗爲有趣地笑了。

「不過理惠小姐說的話很有道理，你們根本沒有理由急著在這個時候殺死那隻貓嘛！」

不知爲什麼，日高並沒有馬上附和我的話。他依然面帶微笑，眺望著窗外的風景，將咖啡喝光後，他陰沉地說道：「是我做的。」

「耶？」我忽然不懂他所說的話，於是又問了一次：「什麼意思？」

他將咖啡杯放到桌上，拿出了香菸和打火機。

「是我殺的，我把毒丸子放到院子裡，只是沒想到事情竟然會這麼順利。」

聽到這些話從他嘴裡說出，我還是以爲他只是在開玩笑。然而他雖維持一貫的笑臉，卻不像在開玩笑。

「你說的那個毒丸子要怎麼做？」

「哪有怎麼做，貓罐頭裡摻入農藥放到院子裡就結了，沒教養的貓好像什麼都吃的樣子。」

日高將香菸拿近，點燃了火，愜意地吞雲吐霧。從紗窗吹入的風霎時將煙霧吹散了。

「你幹嘛要做那種事？」我問道，心裡感覺不太舒服。

「我跟你說過，這間屋子到現在都還租不出去吧？」他面色一整，認眞地說道。

「唔。」

日高夫婦打算在搬去加拿大的那段期間，將這間房子租給別人。

「是不斷有仲介業者來探問啦，可是他們告訴我，這裡有一個缺點。」

「是什麼？」

「他們說房子前面排了一排擋貓的瓶子，好像深受貓害的困擾。這樣的狀況確實會影響租房子的意願。」

「那你把擋貓瓶拿掉不就好了？」

「這並非根本的解決之道。到時如果有想租的人來看房子，看到滿院子都是貓糞要怎麼辦？我們還在的話是可以天天打掃，可是明天這裡就沒人住了，肯定會臭得要死。」

「所以你就殺了牠？」

「這應該是飼主的責任，不過你剛才看到的那位太太好像不瞭解這點。」日高在菸灰缸裡把香菸捻熄。

「理惠知道這件事嗎？」

聽我這麼一問，日高揚起半邊臉，一邊笑一邊搖頭：「哪能讓她知道！女人啊，百分之八十都喜歡貓，要是我跟她講了實話，她肯定會說我是魔鬼的。」

我不知該怎麼接下去，只好沉默以對。這時恰好電話響起，日高拿起話筒。

「喂？啊，你好，我正想你也該打電話來了。……嗯，按照計劃進行。……哈，被你識破啦？我這才要開始寫呢。……是啊，我想今天晚上一定能搞定。……好，我一完成就馬上傳過去。……不行，這支電話只能用到明天中午爲止，所以我打電話過去好了。……嗯，我會從飯店打過去。好，那就先這樣了。」

掛斷電話，他輕輕地嘆了口氣。

「是編輯嗎？」我問。

「聰明社的山邊先生。雖然我拖稿拖習慣了，不過這次他眞的不放心。因爲他怕我跑掉，後天就不在日本了。」

「那我就不多打擾，告辭了。」我從椅子上站了起來。

就在此時，聽到屋內對講機的聲音。我原以爲是推銷員之類的，不過好像不是這樣。走廊傳來理惠走近的腳步聲，接著是敲門的聲音。

「什麼事？」日高問。

門打開了，理惠一臉鬱卒地探出頭來。

「藤尾小姐來了。」聲音悶悶的。

日高的臉就像暴風雨前的天空一樣，佈滿陰霾。

「藤尾……藤尾美彌子嗎？」

「嗯，她說無論如何今天都要跟你談。」

「眞糟糕。」日高咬著下唇：「大概是聽到我們要去加拿大的風聲了。」

「要我告訴她你很忙，請她回去嗎？」

「這個嘛，」他想了一下：「不，我見她好了。」日高說：「我也覺得就在這裡把事情解決掉會比較輕鬆，你帶她過來吧。」

「好是好啦……」理惠擔心地往我這邊看來。

「啊，我正打算要離開呢。」我說。

「對不起。」理惠說完後就消失在門的一頭。

「眞傷腦筋。」日高嘆氣地說道。

「你們剛剛說的藤尾小姐，是藤尾正哉的……？」

「妹妹。」他抓搔著略長的頭髮：「如果她們是想要錢的話還好辦，可是如果要我將書全部收回或改寫的話，我就礙難從命了。」

聽到腳步聲慢慢接近，日高趕緊閉上了嘴。門外依稀傳來理惠說「走廊很暗，對不起」的抱歉聲，接著有人敲門，日高應了聲「是」。

「藤尾小姐來了。」理惠打開門說道。

站在她背後的，是一位看來二十六、七歲的長髮女性，身上穿著女大學生去拜訪企業時會穿的那種套裝，讓人覺得這位不速之客好像還刻意維持著應有的禮貌。

「那我先走了。」我向日高說道。我原本想告訴他可以的話，後天我會去送行，但還是沒說出口。我心裡琢磨著，要是在這時候刺激到藤尾美彌子就不好了。

日高沉默地點了點頭。

我在理惠的陪伴下，走出了日高家。

「招待不周，眞是不好意思。」理惠合起雙掌、眨著眼抱歉地說道。由於身材嬌小纖細，這樣的動作讓她散發出少女般的氣息，一點也感覺不出她已年過三十。

「後天我會去送你們。」

「您不是很忙嗎？」

「沒關係，拜拜。」

「再見。」她說道，一直看著我轉入下一個街角。

二

我回到自己的房間，才剛做完一點事，門鈴就響了。我的住所和日高家相比天差地遠，只不過是五層樓建築裡的一個小單位，工作室兼寢室約佔了三坪，剩下的八坪空間既是客廳也是飯廳，還包含了廚房，而且我也沒有像理惠這樣的美眷，所以一旦門鈴響了，我只好自己去應門。

從門眼裡確認來訪對象後，我將門鎖一扳，打開了門，是童子社的大島。

「你還是一樣，非常準時呢。」我說。

「這可是我唯一的優點，我帶了這個來。」他拿出了一個四方包裹，上面印有知名日式糕餅店的店名，他知道我是個嗜吃甜食的人。

「不好意思還讓你特地跑一趟。」

「哪裡，反正我回家順路。」

我將大島請進狹窄的客廳，泡了茶，接著走回工作室，將擺在書桌上的原稿拿了過來：「哪，這個，寫得好不好就不知道了。」

「我來拜讀一下。」他將茶杯放下，伸手接過稿子，開始讀了起來，而我則翻開報紙。一如往常，讓人當面閱讀自己的作品，總教我不太自在。

大概是大島快讀完一半的時候吧，餐桌上的無線電話機突然響了。我說了聲「失陪一下」，離開了座位。

「你好，我是野野口。」

「喂，是我。」是日高的聲音，聽來有點沉重。

「啊，發生了什麼事？」我心裡還掛念著藤尾美彌子的事，不過日高並未正面回答，他停了一下，問道：「你現在忙嗎？」

「談不上忙，可是有客人在這裡。」

「這樣啊，幾點會結束？」

我看了一下牆上的時鐘，剛過六點不久。

「還要一點時間，到底怎麼了？」

「唔，電話裡講不清楚，我有事想找你商量，你可不可以來我這裡一下？」

「是可以啦。」我差點忘了大島就在一旁，幾乎要脫口問他是不是有關藤尾美彌子的事。

「八點怎麼樣？」他說。

「好。」

「那我等你。」他說完就把電話掛了。

等我一把聽筒放好，大島就趕忙從沙發站起，說道：「如果你還有事的話，那我就……」

「不，沒關係、沒關係。」我以手勢示意他坐回去，「我和人約了八點，還有時間，你就慢慢讀好了。」

「這樣啊，那我就不客氣了。」他拿起原稿繼續讀了起來。

我也再度攤開報紙盯著上頭的文字，不過腦海裡卻不停地想著日高要說的是哪件事。我猜八成跟藤尾美彌子有關，除此以外，我實在想不出來還會有什麼事。

日高寫了一本叫《禁獵地》的小說，內容描寫某位版畫家的一生。表面上雖稱之爲小說，實際上作品中的主角卻是眞有其人，是一名叫做藤尾正哉的男子。

藤尾正哉和我以及日高讀的是同一所國中。或許是因爲這段淵源吧，讓日高興起想把藤尾的故事寫成小說的念頭。只是這本小說裡有幾點極待商榷的地方，說白一點，這部作品裡連藤尾正哉之前做過的一些不太光采的事情也如實描寫。特別是他學生時代的各種奇怪行徑，日高幾乎是原版重現。就我看來，除了書中的人物名字不同之外，書裡的內容根本不像是虛擬的小說，就連主角後來被妓女刺死也與現實事件完全吻合。

這本書榮登暢銷書排行榜，對於認識藤尾正哉的人而言，要猜出小說主角的原型是誰實在是太容易了，終於，藤尾的家人也看到了這本書。

藤尾的父親早已去世，出來抗議的是他的母親和妹妹。她們說：明顯地，小說主角是以藤尾正哉爲原型，可是她們可不記得曾允許誰去寫這樣的小說。其次，因爲這本書暴露了藤尾正哉的隱私，使他的名譽受到不當的毀損，她們要求將作品全部回收，全面改寫……。

日高也說過了，對方並未要求賠償金之類的實際補償。不知她們眞的只是要作品改寫，還是有其他更深的企圖，至今仍無法斷定。

從他剛剛講電話的聲音聽來，恐怕和藤尾美彌子的交涉不太順利吧？可是，把我叫過去又是怎麼一回事？如果他們眞的談判破裂，那我又能幫上什麼忙呢？

就在我左思右想之際，對面的大島好像把稿子讀完了，而我也把視線從報紙移開。

「寫得不錯嘛，」大島說：「蠻溫暖的，透著一股懷舊氣氛，我覺得挺好的。」

「是嗎？聽你這麼說，我就安心多了。」我是眞的鬆了口氣，趕緊喝了口茶。大島這個年輕人雖然和氣，卻不會隨便講一些諂媚逢迎的話。

若是平時，我們接下來會討論往後的計劃，不過待會兒和日高有約……。我看了一下時鐘，已經六點半了。

「你來得及嗎？」大島機靈地問。

「嗯，還來得及。怎樣？這附近有一間餐館，我們去那兒邊吃邊討論好了，這樣也算幫了我一個大忙。」

「好啊，反正我也要吃晚飯。」他將原稿放到皮包裡。如果我沒記錯，他應該快三十了吧，卻還是單身。

距離我家大概二、三分鐘的路程就有一家餐館，我們一邊吃著焗烤料理，一邊商量公事。雖說是商量公事，其實我們聊的都是雜事。在這當中，我不小心透露接下來跟我約的人正是作家日高邦彥，大島一聽顯得有些驚訝。

「你認識那位先生啊？」

「嗯，我們國中、國小讀的都是同一所學校，住得也很近，從這邊走過去就到了，只是我們的舊家都已經拆了，目前正在蓋公寓。」

「就是所謂的童年舊識對吧？」

「大概吧，現在我們也還有來往。」

「啊，」大島的眼睛露出羨慕和憧憬的神色：「我竟然不知道。」

「我會幫你們公司寫稿，也是透過他介紹的。」

「咦？是這樣嗎？」

「一開始是你們公司的總編向日高邀稿，不過因爲他不寫兒童文學，所以就拒絕了，反倒把我介紹給你們，也就是說，他算是提拔我的貴人。」我一邊用叉子將焗烤通心粉送進嘴裡，一邊說道。

「嗯，竟然有這回事。日高邦彥的兒童文學，這樣的標題確實挺吸引人的。」接著大島問我：「野野口先生，你不會想寫以成人讀者為訴求的小說嗎？」

「我是很想寫啊，如果有機會的話。」這是我的眞心話。

七點半，我們離開了餐館，往車站走去。我站在月台上目送大島坐上反方向的電車，不久我的電車也來了。

抵達日高家正好是八點。我站在門前，覺得有點奇怪，屋裡一片漆黑，連門外的電燈也沒有開。

不過，我還是按下了對講機的按鈕，只是沒想到竟被我料中，無人應答。

我心想，該不會是自己搞錯了。日高電話裡說的八點，說不定指的不是八點到「他家」。

我回到來時的路上，過去一點有座小公園，我邊掏出零錢邊走進公園旁的電話亭。

從電話簿裡，我找到了皇冠飯店的電話，撥了號碼。飯店人員聽到我要找一位叫日高的客人，馬上幫我轉接過去。

「您好，我是日高。」是理惠的聲音。

「我是野野口，」我說：「日高邦彥在那裡嗎？」

「沒，他沒來這裡。應該還在家吧？因爲還有工作要趕。」

「不，他好像不在……」我跟她說日高家的燈全暗著，裡面好像沒人的樣子。

「這就怪了。」電話那頭的她似乎頗爲困惑：「他跟我說到這裡的時候恐怕都半夜了。」

「那他大概只是出去一下吧？」

「應該不會啊。」理惠思索似的沉默了片刻：「這樣好了，我現在就到那邊去。」她說：

「大概四十分鐘左右就會到了。啊，野野口先生，您現在人在哪裡？」

我說明了自己的位置，告訴她會先到附近的咖啡廳打發一下時間，就把電話掛了。

走出電話亭，在去咖啡廳前，我又繞到日高家去看了一遍。還是一樣，燈全部暗著，停車場裡日高的ＳＡＡＢ好端端地停在那裡，總覺得哪裡怪怪的。

那家咖啡廳是日高平日調適心情時常去的咖啡專賣店，我也來過好幾次，店裡的主人認出我，問今天怎麼沒跟日高先生一起來？我表示，他和我約了見面，可是家裡卻沒有人。

就這麼和老闆聊著職棒，東扯西扯的，三十分鐘就過去了。我付了帳，出了店門，快步往日高家走去。

才走到門前，就看到理惠從計程車下來。聽到我出聲叫喚，她回了我一個笑臉。可是，當她看向屋子的時候，臉色忽然沉了下來，顯得十分不安。

「眞的是全暗的。」她說。

「好像還沒回來的樣子。」

「可是他不可能會出去啊。」

她從皮包裡拿出鑰匙，往玄關走去，我跟在後面。

大門鎖著，理惠打開門進入屋內，接著把各處的電燈一一點亮。室內的空氣冰冷冷的，似乎沒有人在。

理惠穿過走廊，打算扭開日高工作室的門把，門鎖上了。

「他出門的時候，都會上鎖嗎？」我問道。

她一邊拿出鑰匙，一邊側著頭回想：「最近他不太鎖門的。」

鑰匙一轉，門順勢敞了開來。工作室裡同樣沒有開燈，可是卻不是全暗的。電腦的電源還插著，螢幕的畫面透著亮光。

理惠摸索著牆壁，按下日光燈的按鈕。

房間中央，日高腳朝我們，倒在地上。

停頓了幾秒的空白，理惠沉默地走上前去。走到一半，她突然在半路停了下來，兩手捂著嘴，全身瞬間僵直，一言不發。

我也戰戰兢兢地往前挪去，日高的身體整個趴伏著，頭轉向一邊，露出左半邊的臉。他的眼睛微微睜著，眼神渙散。

「他死了。」我說。

理惠整個人慢慢地癱軟下來，就在膝蓋碰到地板的同時，她發出彷彿來自身體深處的悲鳴。

三

警局派來的蒐證小組在現場勘查的時候，我和理惠就在客廳等。雖說是客廳，卻連張桌椅都沒有。我讓理惠坐在裝滿雜誌的紙箱上面，自己則像熊一樣地來回踱著方步，並不時將頭探出走廊，窺看現場蒐證的情形。理惠一直在哭，我看了看手錶，已經是晚上十點半了。

敲門聲響起，門打開了，迫田警部（註）走了進來。他年約五十，態度沉穩大方。一開始叫我們在這房裡稍等的也是他，看來他應該是這次搜查的總指揮官。

「我有話想跟你談，可以嗎？」警部瞄了理惠一下後，轉身向我說道。

「我是無所謂啦……。」

「我也可以。」理惠拿起手帕按著眼角說道。她的聲音還帶點哽咽，然而口氣卻是堅決的。我突然想起日高白天曾經講過，她的個性其實蠻強悍的。

「好，那就麻煩一下。」

於是迫田警部就這麼站著，開始盤問起我倆發現屍體前的整個經過。談著談著，我不得不說到關於藤尾美彌子的事。

「你接到日高打來的電話大概是幾點左右？」

「我想應該是六點過後吧。」

「那時日高先生有提到任何有關藤尾女士的事嗎？」

「不，他只說有事要跟我商量。」

「所以也有可能是其他事？」

「或許吧。」

「關於這點，你有想到什麼嗎？」

「沒有。」

註：日本警察階級名，約當台灣的「警官」。日本警察階級由上而下為警視總監、警視監、警視長、警視正、警視、警部、警部補、巡查部長、巡查。

警部點了點頭，接著他把臉轉向理惠：「那位藤尾小姐的人是幾點回去的？」

「大約是五點過後。」

「在那之後，妳有跟妳先生談過話嗎？」

「我們有聊了一下。」

「妳先生的樣子看來怎樣？」

「他因爲跟藤尾小姐談不攏，顯得有些困擾。不過，他要我不用擔心。」

「之後妳就離開家，去了飯店對吧？」

「是的。」

「我看看，你們打算今明兩晚都住在皇冠飯店裡，後天要出發到加拿大。不過，因爲妳先生還有工作沒做完，所以就一個人先留在家裡……」警部一邊看著自己的小抄，一邊說道，接著他抬起了頭：「知道這件事的人總共有幾個？」

「我、還有……」理惠向我這邊看來。

「當然我也知道。除此之外，還有聰明社的人吧？」我向警部說明日高今晚打算趕的就是聰明社的稿子。「不過，就憑這點來鎖定犯人未免……。」

「嗯，我知道，這只是做個參考。」迫田警部臉上的肌肉稍微和緩了一下。

之後，他又問理惠，最近住家附近是否曾發現什麼可疑的人，理惠回答「沒有印象」。我想起今天白天在院子裡見到的那位太太，猶豫著該不該講，可是最後還是保持沉默。只因爲貓被害死就殺人報仇，這怎麼想都太離譜了。

訊問告一段落後，警部告訴我，他會請部下送我回去。我原想留在理惠身邊陪她的，不過警部說他已聯絡理惠娘家的人，不久他們就會來接她。

隨著發現日高屍體的震驚漸漸平復，疲倦悄悄地襲來。一想到等一下得自己坐電車回去，老實說眞的有點氣餒，所以我不客氣地接受了警部的安排。

走出房間，我發現還有很多警員留下，在走廊上走來走去。工作室的門是開著的，不過看不到裡面的情況，屍體應該已經運出去了吧？

穿著制服的年輕警察前來招呼我，將我領到停在門口的警車前。我突然想起，自從上次因爲超速被逮捕後，已經很久沒坐過警車了……這等毫不相關的事。

警車旁站著一名男子，身材頗高，因爲光線不足，看不清楚他的五官。那個男的開口說道：「野野口老師，好久不見了。」

「咦？」我停下腳步，想要確認對方的長相。

男的往前走近，從陰影中露出他的臉。眉毛和眼睛的距離很短，臉部輪廓十分立體。這張臉我曾經看過，接著我的記憶恢復了。

「啊，是你！」

「您想起來了嗎？」

「想起來了，你是……」我在腦袋裡再確認一遍，「加賀……對吧？」

「是，我是加賀。」他鄭重地朝我欠身行禮，說道：「以前承蒙您照顧。」

「哪裡，我才是。」彎腰答禮後，我再度端詳起他。已經十年了，不，應該更久，他那精悍的神色似乎磨得更加銳利了。「聽說你改行做了警察官（註），沒想到會在這裡碰到你。」

「我也很驚訝，一開始還以爲是認錯人了，直到看到名字才確定。」

「因爲我的姓很特別嘛。不過，」我搖了搖頭，「這也實在太湊巧了。」

「我們到車裡再談好了，我送你一程……雖然說在警車上沒什麼氣氛。」說完，他幫我打開後車門，同時，剛剛那名制服警察也坐上了駕駛座。

加賀老師曾經在我執過教鞭的那所中學擔任社會科教師。就像許多剛畢業就投入教職的老師一樣，他也是充滿幹勁和熱情。再加上他又是劍道方面的專才，領導劍道社時展現的英姿，更讓人對他的熱誠印象深刻。

這樣的人只做了兩年就捨棄了教職，歸咎起來有諸多原因。不過就我這個旁觀者來看，他本身可是一點責任都沒有。不過，眞的可以這樣說嗎？每個人都有適合與不適合做的事。教師這份工作對加賀而言到底合不合適，眞的有待商榷。當然，這樣的結果也跟當時的潮流密切相關。

「野野口老師，您現在在哪個學校教書？」車子剛駛離不久，加賀老師就問起我的近況。不，再叫加賀老師就太奇怪了，我們就稱他爲加賀刑警好了。

我搖了搖頭：「我最後任教的地方是本地的第三國中，不過今年三月已經離職了。」

加賀刑警看來好像頗爲驚訝：「是這樣嗎？那你現在在做什麼？」

「唔，說來有點丟臉，我現在在寫給兒童看的小說。」

「啊，難怪。」他點了點頭：「所以你才會認識日高邦彥先生對吧？」

「不，情況有點不一樣。」

我跟他解釋，我和日高是從小到大的朋友，因爲他的關係，我才找到現在的工作。加賀刑警好像懂了，一邊點頭一邊聽著我說。沒想到迫田警部什麼都沒告訴他，這點倒教我有些詫異，這番話我剛剛已經跟警部說過了。

「這麼說來，你之前是一邊當老師，一邊寫小說囉？」

「也可以這麼說啦，不過我那時一年才寫兩篇三十頁左右的短篇而已。我一直在想，有朝一日要成爲眞正的作家，於是心一橫就把學校的工作辭了。」

「這樣啊？那眞的需要很大的勇氣呢。」加賀刑警很欽佩地說道。或許是想起自己之前的事吧？當然，二十幾歲轉行和面臨四十歲才換工作的景況相比，可謂天差地別，這點他應該也能體會。

「日高邦彥寫的是什麼樣的小說啊？」

我看著他的臉問道：「加賀，你不知道日高邦彥嗎？」

「對不起，名字是聽過啦，可是書就沒讀過了，尤其最近我幾乎很少看書。」

「大概是太忙了。」

「不，是我自己太懶，我也在想一個月應該讀兩、三本書的。」他搔搔頭。一個月至少要讀兩、三本書——這是我當國文老師時，經常掛在嘴邊的口頭禪。我不確定加賀是否因爲記得這個，所以才特意講出來。

註：日本警察職稱，負責案件調查、執行的警員。

於是我大略地介紹日高這個人，說他大概是十年前出道的，在這中間還得過某某文學獎，是現今少數幾位暢銷作家之一。他的作品十分多樣化，從純文學到僅供娛樂的小品都有。

「有沒有我可以讀的東西？」加賀刑警問：「譬如推理小說之類的？」

「這類作品是比較少，不過還是有的。」我答道。

「你可不可以告訴我書名以做參考？」

「這樣啊。」

於是我告訴他一本叫《螢火蟲》的書，是我很久以前讀的，內容不太記得了，不過裡面有關於謀殺的描寫，肯定錯不了。

「日高先生為什麼會想搬到加拿大去住呢？」

「好像有很多原因，不過他大概是覺得有點累了。好幾年前他就曾經講過要到國外修養一番，而溫哥華似乎是理惠相中的地方。」

「你剛剛說的理惠是他的太太吧？看起來好年輕呢。」

「上個月他們才剛登記結婚而已，這是他的第二次婚姻。」

「是這樣啊？他和前任老婆離婚了？」

「不，第一任老婆因為車禍去世，已經五年了。」

一邊聊著的同時，思及話題的主角日高邦彥已經不在人世，我的心情又沉重了起來。他到底要跟我談些什麼？要是我早早結束那無關緊要的會談，早點去見他的話，或許他就不會死了。我心裡也知道這麼想於事無補，卻忍不住不去懊悔。

「我聽說因爲親人被影射爲小說的主角，有一位藤尾小姐跑來抗議……」加賀說，「除此之外，日高先生有沒有捲入其他風波？不管是和小說或是他私生活有關的都可以。」

「嗯，我一時也想不出來。」這麼回答的同時，我發現了一件事——我正在接受偵訊。驚覺於此，連在前方握著方向盤，始終不發一語的警察都讓人覺得很不舒服。

「對了，」加賀刑警打開了記事本，「你知道西崎菜美子這個名字嗎？」

「咦？」

「還有小左野哲司、和中根肇？」

「啊，」我領悟地點了點頭，「那是《冰之扉》中的出場人物，目前月刊正連載的日高小說。」我一邊說一邊想，不知那篇連載接下來要怎麼辦。

「一直到死之前，日高先生好像還在趕那篇小說的樣子。」

「聽你這麼一說，我想起電腦的電源一直是開著的。」

「畫面上出現的就是那篇小說的內容。」

「果然如此。」我突然想起什麼，於是向加賀刑警問道：「他的小說寫了多少？」

「寫了多少的意思是？」

「寫了幾頁的意思。」

我跟加賀說，日高曾提過今晚必須趕出三十頁的事。

「電腦的排字方式和稿紙不一樣，所以總共寫了多少，我不是很確定，不過至少不是一、兩頁就是了。」

「從他寫的頁數就可以推斷出他是幾點被殺害的，不是嗎？我從日高家出來的時候，他還沒著手工作呢。」

「這點我們也有想到，只是寫稿這種事的速度也不是固定的吧。」

「話是沒錯啦，不過就算是以最快速度寫也是有極限的。」

「那日高先生的極限大概在哪裡？」

「這個嘛，記得他之前曾經講過，一個小時大概是四頁吧。」

「這樣的話，就算趕工也只能一小時寫六頁囉？」

「應該是這樣吧。」

聽完我說的話，加賀刑警沉默了一會兒，腦袋裡好像正計算著什麼。

「發現哪裡矛盾嗎？」我問。

「嗯，我還不知道。」加賀搖了搖頭，「我也還無法確定，電腦上殘留的畫面是否就是這次要連載的部分。」

「也對喔，說不定他只是把之前曾經刊載過的部分叫出來而已。」

「關於這點，我們打算明天找出版社談談。」

我在腦海裡快速轉了一圈，根據理惠的說法，藤尾美彌子是在五點左右離開的，而我接到日高打來的電話是在六點過後。這中間如果他有寫稿的話，應該可以寫出五、六頁吧。問題是，其他還有幾頁呢？

「啊，或許這是辦案時應該緊守的祕密。」我試著向加賀問道：「不過，你們應該有推測死亡時間吧？警方認爲是什麼時候呢？」

「這確實是應該保密的事，」加賀刑警苦笑著說：「不過……詳細的情形要等到解剖報告出來，但根據我們的推斷，大概是在五點到七點之間，結果應該不會相差太多。」

「我是在六點過後接到電話的……」

「嗯，也就是說是在六點到七點之間了。」

應該是這樣吧。

也就是說，日高在和我通完電話後就馬上被殺了？

「日高是怎麼被殺的呢？」

聽到我的喃喃自語，加賀刑警露出十分訝異的表情，他大概覺得這種話出自屍體發現者的口中，未免太奇怪了吧。可是，我對日高是怎麼個死法眞的沒有印象，坦白說，當時我怕死了，根本不敢正視他。

我把這點說明後，加賀好像也能理解。

「這也要等到解剖報告出來。不過簡單地說，他是被勒死的。」

「你說的勒死是指勒住脖子嗎？……用繩子還是？」

「他脖子上纏著電話線。」

「怎麼會……」

「不過還有一處外傷，他好像被人重擊了後腦，現場找到作爲兇器的黃銅紙鎭。」

「也就是說有人從背後打昏他，再把他勒死囉？」

「目前看來是這樣。」加賀刑警如此說完後，突然壓低了聲量，「剛剛講的，我想日後會對外公佈，在此之前，請你不要跟任何人提起。」

「啊，那是當然。」

終於，警車抵達了我的公寓。

「謝謝你送我回來，幫了我一個大忙。」我向他道謝。

「我才是，得到了很多有用的資料。」

「那，再見了。」我走下了車子，可是才走到一半，「啊，等一下！」身後傳來加賀刑警的叫喚，「你可不可以告訴我連載小說的是哪本雜誌？」

於是我告訴他是聰明社月刊，然而他搖了搖頭說：「我要的是刊登野野口先生小說的雜誌。」

爲了掩飾尷尬，我故意皺起眉頭，略帶生硬地說出雜誌的名字，加賀拿出筆把它記了下來。

回到屋裡，我在沙發上呆坐良久。回想起今天一天發生的事，我覺得好像在作夢一樣。這一生當中，我從來沒有經歷過像這麼悲慘的日子。思及至此，我卻捨不得去睡。不，就算我想睡，今晚恐怕也睡不著了。

我突然興起一個想法，想把這番體驗記錄下來，就用我的手把朋友遇害的悲劇寫下吧。

這本手記產生的經過就是如此。我在想，直到眞相曝光之前，我都會一直寫下去。

四

日高的死很快登上了早報，雖然昨晚我沒看新聞，不過看樣子各家電視台正大肆炒作。最近連十一點過後都有新聞節目。

報紙的某個版面打出大大的標題，以社會新聞的角度，詳細報導整起事件。報上大幅登著日高家的照片，旁邊配著日高本人的大頭照，這原本應是交給雜誌社使用的。

報導的內容大部分與事實相符。只不過關於屍體發現的部分，上面只寫著「接到友人通知家裡燈光全暗的消息，妻子理惠回到住處，竟然發現日高先生倒臥在一樓的工作室中。」我的名字從頭到尾都沒出現過，或許讀者會因而誤解發現者只有理惠一人。

根據報導所示，警方現在正朝臨時起意或蓄意謀殺的方向進行調查。由於大門深鎖，他們推斷犯人應該是從工作室的窗口進出。

闔上報紙，我正打算站起身張羅今天的早餐，門鈴卻響了。看了一下時鐘，才八點多，這麼早應該不會有人來拜訪，我拿起平常不太使用的對講機。

「喂？」

「啊，請問是野野口老師嗎？」女性的聲音，呼吸顯得很急促。

「我是。」

「一大早來打擾眞對不住，我是××電視台的，關於昨晚發生的事件，可不可以和您談一談？」

我大吃一驚！報紙上明明沒有我的名字，可是電視台的人卻已經風聞我是發現者之一了。

「這個……。」我思索著應對之策，這可不能隨便亂講。「你想談什麼事？」

「關於昨晚日高先生在自宅被殺害一事。我聽說和夫人理惠小姐一起發現屍體的就是野野口老師您，這是眞的嗎？」

大概是談話性節目派來的女記者吧，竟然大刺刺地就直呼我老師，神經粗得教人有些不快。不過，不管怎樣，也不能因此就亂講一通。

「嗯，是眞的。」我答道。

身爲媒體人的興奮透過門傳了進來：「老師您爲什麼去日高家呢？」

「對不起，該講的我都對警方講了。」

「聽說您是因爲發覺屋子怪怪的，所以才通知了理惠小姐，可否請您具體說明是哪裡怪怪的呢？」

「請你們去問警方。」我掛上了對講機。

之前就聽聞記者的犀利，沒想到電視記者的採訪當眞是無禮至極。難道他們就無法體會這一、兩天我還沒辦法跟人討論這件事嗎？

我當下決定，今天就不出門了。雖然我很關心日高家的事，可是要到現場去探看恐怕是不可能了。

然而，沒想到我正用微波爐熱牛奶時，門鈴又響了。

「我是電視台的人，可否打擾一下，和您談談？」這次是個男的。「全國民眾都很想知道進一步的眞相。」

如果日高不死就好了，我的心裡不禁出現這種悲痛萬分的台詞。

「我也只是發現而已。」

「不過您一直和日高先生很親密吧？」

「就算是這樣，關於事件，我也沒什麼好說的。」

「可是還是想打擾您一下。」這男的死不罷休。

我嘆了口氣，讓他一直在門口哀求也不是辦法，會打擾到鄰居。對這些後生晚輩，我就是沒輒。

將對講機的話筒擺好，我走出玄關。門一打開，麥克風全都湊了上來。

結果，在訪問的夾擊下，我的一整個早晨就泡湯了，連要好好吃頓早餐都沒有辦法。中午過後，我一邊收看電視的訪談節目，一邊吃著烏龍泡麵，突然螢幕上大大映出我的臉孔，害我不小心就噎住了。那是今天早上才拍的，沒想到這麼快就播出來了。

「聽說您小學就認識日高先生了。就野野口先生的角度來看，他是個怎樣的人呢？」女記者以尖銳的聲音問道。

面對這樣的問題，鏡頭前的我想了很久。當時我自己沒有發現，不過這段沉默竟意外地長，影像就這麼定住了，電視台大概是來不及剪接吧？可以想見當時在場的記者先生們肯定很不耐煩，這樣看著畫面，我才徹底領悟到。

「我想他是個個性很強的人，」鏡頭前的我終於開口了，「有時你會覺得他爲人很好，不過他也有冷酷到令人驚訝的一面，其實大部分的人都是這樣吧？」

「您說的冷酷，可否舉例加以說明？」

「譬如說……，」我一邊說一邊沉吟了一下，「不，我一時也想不出來，何況這種事我也不想在這裡講。」

其實，當時我腦海裡浮現的是日高殺貓的那件事，不過，它並不適合在傳媒前公開。

「對於殺死日高先生的犯人，你有話想對他說嗎？」問了幾個流俗的問題後，女記者不忘補上這句陳腔濫調。

「沒有。」這是我的回答，一旁的記者顯得頗為失望。

之後，棚內的主持人開始介紹日高生前的寫作活動。就擅長描寫人間百態的背景來看，作家本身的人際關係肯定也很複雜，這次的事件恐怕也是受此牽連的吧？——主持人的話裡隱約透著這層意思。

接著他又提到，最近日高因為《禁獵地》這部作品而捲入風波，已故版畫家被影射為小說的男主角，他的家人還因此提出抗議。不過，媒體似乎還沒查到，昨天畫家家屬之一的藤尾美彌子曾造訪日高。

不只是主持人，連偶爾以來賓身分參加這類節目的藝人都大放厥詞，各自發表他們對日高之死的看法。不知為何，我忽然感到一陣厭惡，關掉了電視機。想要知道重要事件的相關消息，NHK當然是最好的選擇，但日高的死還不到公共頻道為他製播特別節目的程度。

這時電話響了，我已數不清這是今天的第幾通電話了。我總是想，萬一這和工作有關就糟糕了，所以都會拿起話筒，可是至今為止，千篇一律都是媒體打來的。

「喂，我是野野口。」我的口氣已經有點不悅了。

「你好，我是日高。」咬字清晰的聲音，肯定是理惠沒錯。

「啊，妳好。」這時候該講些什麼，我一時想不出來，只能勉強湊出一句奇怪的話，「後來怎麼樣了？」

「我昨天住在娘家。雖然心裡知道必須和很多地方聯絡，可是一點力氣都沒有。」

「是啊，妳現在人在哪裡？」

「我在家裡。今天早上警方的人跟我連絡，說希望我到案發現場再次接受訊問。」

「訊問已經結束了嗎？」

「已經結束了，不過警方的人還在就是了。」

「媒體很討厭吧？」

「嗯，不過出版社的人，還有之前我丈夫認識的電視台的人也來了，所以全交給他們去應付，我輕鬆了不少。」

「這樣啊。」我本來想說這眞是太好了，不過反過頭一想，這句話對昨天才痛失丈夫的遺孀而言好像不太恰當，所以又吞了回去。

「倒是野野口先生被電視台的人追著跑，肯定十分困擾吧。我自己是沒看電視啦，不過出版社的人告訴我情形，我感到很抱歉，所以才打電話過來關心一下。」

「是這樣啊？哪裡，妳不用擔心我，採訪的攻勢已經告一段落了。」

「眞的很對不起。」

那是打從心裡感到愧欠的語氣。明明當下她才是這世上最悲慘的人，卻還有心思替別人著想，這點讓我深感佩服，我再度感受到她的堅強。

「如果有什麼需要我幫忙的，請不要客氣儘管跟我說。」

「謝謝，夫家的人還有我娘家的媽媽都來了，所以沒有關係。」

「這樣啊。」

我想起日高有個大他兩歲的哥哥，年邁的母親和兄嫂一起同住。

「不過，眞的有我可以做的，請務必告訴我。」

「謝謝您，那我就先掛電話了。」

「謝謝妳特地打電話過來。」

掛斷電話後，我腦海裡一直想著理惠的事。她打算要怎麼生活下去？她還年輕，聽說娘家是開貨運行的，經濟條件不錯，生活應該不成問題。可是，要從打擊中站起來恐怕需要不少時間吧。畢竟他們才剛結婚一個月。

曾經，理惠只不過是日高的小說迷之一。有一次，因爲工作的關係，認識了日高，因而開始交往。這意味著，昨夜她同時失去了兩件寶貴的東西，一個是丈夫，另一個則是作家日高邦彥的新作。

正這麼想的時候，電話又響了。對方請我去上談話性節目，我當場就拒絕了。

五

加賀刑警來的時候，已經是傍晚六點以後的事了。聽到對講機的鈴聲，我厭煩地以為又是哪家媒體的記者，沒想到探頭一看，竟然是他。不過，這次他不是一個人來，他身邊跟著一個看來比他年輕，叫做牧村的刑警。

「對不起，我還有兩、三個問題想要請教你。」

「我早料到了，你們上來吧。」

然而，加賀刑警並未做出脫鞋的動作，他問：「你正在吃飯嗎？」

「不，我還沒吃，才正在想要吃什麼才好。」

「那我們到外面去吃好了？老實說，一整天忙著偵訊，我們連午飯都沒吃呢，是吧？」

牧村刑警附和地衝著我苦笑。

「好啊，那要去哪裡？我知道有家店的豬排飯很好吃，可以嗎？」

「哪兒都行，」這麼說的同時，加賀刑警好像想到了什麼，他用大拇指朝後頭比了比，「再過去有一家餐館，老師昨晚去的就是那間店嗎？」

「是啊，你想去那裡嗎？」

「就那裡好了，那家店近，咖啡又可以免費續杯。」

「太好了。」牧村刑警幫腔似的說道。

「我是無所謂啦，那我去換一下衣服。」

趁著他們等我換衣服的空檔，我想了一下加賀刑警找我去那家餐館的理由，是不是有什麼特別的用意？還是，真如他所說，只是因為近、有咖啡可喝？

終究我還是想不通，只好走出了房間。

來到餐館，我點了焗烤蝦飯，加賀刑警和牧村刑警各點了烤羊排和漢堡肉套餐。

「之前講的那本小說，」等女侍離開後，加賀刑警馬上開口說道：「啊，就是日高先生留在電腦螢幕上的那本，叫做《冰之扉》的。」

「唔，我知道。昨天你還說要去查清楚，看那是昨天才剛寫的，還是只是把之前已經發表的部分叫到螢幕上而已，已經有答案了嗎？」

「已經有答案了，應該是昨天寫的。我問了聰明社的負責人，他說跟之前連載的部分接得剛剛好。」

「這麼說來，在被殺害之前，他一直很努力地工作囉。」

去加拿大的日子迫在眉睫，就連日高也得拚命趕工吧？雖說他之前總是找各種搪塞的藉口，毫不在意地讓編輯焦急等待。

「只是有一個地方很奇怪。」加賀刑警將身體微微前傾，右手肘撐在桌子上。

「哪裡奇怪？」

「原稿的張數。如果一張算四百字好了，他總共寫了二十七張之多。就算他在藤尾小姐走後的五點就開始寫好了，這也未免太多了。昨晚我才聽野野口老師說了，您說日高先生的寫作速度一小時頂多四到六張。」

「二十七張嗎？這樣確實很多。」

我到日高家的時間是八點，假設在這之前日高都還活著的話，那他一小時不就要寫九張了。

「所以，」我說：「他有可能是在說謊。」

「說謊？」

「很可能他昨天白天就已經寫好十張或二十張了，可是依照他個人的習性，他總是說自己一張都沒寫。」

「出版社的人也是這麼說的。」

「應該是吧。」我點了點頭。

「可是，他的太太理惠出門的時候，他跟她說自己恐怕要到半夜才會到飯店。而事實上最晚到八點，他已經寫好二十七頁了。如果就《冰之扉》的連載一期約三十頁的份量來算，他已經快要完成了。說延後還可以理解，可是有像這樣進度超前那麼多的嗎？」

「應該有吧。寫作這種事又不是機械作業，靈感不來的話，可能杵在書桌前好幾個小時都寫不出來；相反地，文思泉湧的話，可能一會兒功夫就寫好了。」

「日高先生有這樣的傾向嗎？」

「有吧，話說回來，幾乎所有作家都是這樣吧？」

「這樣啊？我是不太能夠想像你們那個世界的事啦。」加賀刑警將前傾的身子回復到原來的姿勢。

「我不太理解你爲什麼要在張數上打轉。」我說：「總之，理惠出門的時候，日高的小說還沒寫好，可是發現屍體的時候，小說已經快要完成了，對吧？也就是說直到日高被殺的那段期間，他都一直在工作，不就這麼簡單嗎？」

「或許是吧。」加賀刑警點了點頭，但還是一副無法完全說服自己的樣子。

從這位曾是我後進的教師身上，我總算見識到警方辦案眞的是連一個小細節都不放過。

女侍將餐點端了上來，我們的談話稍微中斷了一下。

「對了，日高的遺體怎麼樣了？」我試著問道：「你不是說要解剖嗎？」

「今天已經進行了。」如此說完後，加賀刑警看向牧村刑警，「你不是也在場嗎？」

「不，我沒自己去，如果我在場，現在怎麼還吃得下？」牧村皺起眉頭，將叉子叉向漢堡肉。

「這倒也是。」加賀也一臉苦笑，「你說解剖怎麼了？」

「不，我是想死亡時間是不是已經推斷出來了？」

「我還沒仔細看過解剖報告，不過應該會很清楚吧。」

「那一定正確嗎？」

「那要看你是基於什麼來判斷，例如……」他本來想講，後來又搖了搖頭，「算了，還是不講了。」

「爲什麼？」

「你的焗蝦飯會變難吃喔。」他指著我的盤子。

「也對，」我點了點頭，「那我還是別問了。」

加賀刑警用力地點了點頭，好像在說這樣才對似的。

吃飯的時候，他不再提起謀殺，反而盡問我一些關於寫作兒童讀物的事。譬如，最近流行哪一種書啦？對於時下兒童遠離書本有什麼看法等等。

我跟他說，賣得好的都是教育部推薦的優良圖書，至於小孩不愛看書主要是受到父母的影響。

「簡單來說，現在的父母自己都不看書了，卻一味逼著小孩去讀，可是由於自己沒有閱讀的習慣，所以也不知道該給孩子看什麼才好，結果只能把政府推薦的圖書硬塞給他們。不過，那種書通常內容生硬又無趣，只會讓孩子更討厭書本。這種惡性循環應該會周而復始地重複下去吧。」

聽到我這番話，兩名刑警一邊吃著餐點，一邊露出欽佩的神情，也不知道他們到底聽進去多少。

由於他們點的都是套餐，所以最後咖啡送了上來，而我則加點了一杯熱牛奶。

「您大概想抽一根吧？」加賀刑警邊將手探向菸灰缸。

「不，不用。」我答。

「咦，您已經戒菸了嗎？」

「嗯，兩年前戒了。醫生叫我不要抽，因為我的胃不好。」

「這樣啊？早知道就坐非吸菸區好了。」他將伸向菸灰缸的手收了回來，「我一直以為當作家的都要抽菸呢，日高先生看來似乎也是個老菸槍。」

「沒錯，他工作的時候整個房間煙霧瀰漫，會讓人以為正在趨蟲呢。」

「昨天晚上發現屍體的時候怎麼樣？房間裡有煙霧嗎？」

「讓我想想，畢竟當時太混亂了。」我喝了一口牛奶，沉吟道：「應該是有一點煙吧。唔，我想是這樣沒錯。」

「這樣啊。」加賀刑警也將咖啡杯送到嘴邊，接著他慢條斯里地拿出筆記本，「有一件事我想再做確認，與您八點抵達日高家有關。」

「嗯。」

「當時野野口老師因爲按對講機沒有人接，再加上屋裡的燈全暗了，所以才打電話去理惠夫人寄宿的飯店，對吧？」

「是啊。」

「關於屋裡燈光的事，」加賀刑警直勾勾地盯著我，「你確定是全暗的嗎？」

「是全暗的，沒錯。」我看著他的眼睛回答。

「不過，從正門口應該看不到工作室的窗口，難道你有繞進院子裡去嗎？」

「不，我沒繞進去。不過，工作室的燈有沒有亮，站在門口拉長脖子看就知道了。」

「是這樣嗎？」加賀刑警的表情有一點疑惑。

「工作室的窗戶旁正好有一株高大的八重櫻，如果裡面的燈亮著，那麼一眼就能看到櫻花了。」

「啊，沒錯。」加賀刑警和牧村刑警相視點頭，「這樣我們就懂了。」

「這個問題有這麼重要嗎？」

「不，請把它當作單純的確認。像這種地方如果我們報告得不清不楚，會挨上司排頭的。」

「眞是嚴格。」

「到哪裡都是一樣的。」加賀刑警露出從前教書時的笑容。

「對了，偵辦的情況怎麼樣了？有沒有新的進展？」我輪流看著兩位刑警，最後目光落在加賀的臉上。

「才剛開始而已。」加賀刑警沈著地回答，一方面也在暗示，偵辦的情況不便透露。

「電視上提到也有可能是臨時起意的犯案，意即犯人本以竊盜爲目的侵入日高家，卻沒想到被日高撞見，所以才失手殺了他。」

「這樣也不是完全不可能。」

「可是，你不是不太相信這個假設？」牧村刑警說。

「是啊。」加賀刑警好像瞪了隔壁的牧村一眼，「我個人認爲這樣的可能性很低。」

「爲什麼？」

「一般闖空門都是從大門進去，因爲萬一被發現的話，可以隨便找個藉口搪塞，再從門口大搖大擺地出來。不過，日高家的大門如您所知，是鎖上的。」

「有沒有可能是犯人特地把門鎖上？」

「日高家的鑰匙總共有三把，其中兩把在夫人理惠身上，剩下的一把在日高先生的長褲口袋裡。」

「可是，也有小偷是從窗戶進出的吧？」

「也是有啦，不過這種手法的計劃就周詳多了。小偷會在事先暗中調查，看這家人什麼時候不在、會不會被路過的行人目擊到，這些都確認了，他們才會採取行動。」

「這不就對了？」

「可是，」加賀刑警露出雪白的牙齒，「如果小偷事先調查過的話，就應該知道那個家什麼都不剩了，對吧？」

「啊，對喔。」我張大嘴看著兩位刑警，牧村刑警也露出淺淺的笑。

「我覺得……」加賀刑警說到一半，略微猶豫地頓了一下，接著繼續說道：「應該是認識的人做的。」

「看，結論不就出來了。」

「這些話只能在這裡講。」他用食指碰觸著嘴唇。

「嗯，我曉得。」我點了點頭。

接著他對牧村刑警使了個眼色，年輕的警官拿了帳單站了起來。

「哎呀，這讓我來。」

「不，」加賀刑警出手制止了我，「是我們找你來的。」

「不過，這不能報公帳吧？」

「是不行，因爲只是晚餐。」

「不好意思。」

「請不用放在心上。」

「可是……」我看向櫃檯那邊，牧村刑警正在付帳。

不一會兒，我發現他的樣子怪怪的，好像正和櫃檯小姐說著什麼。櫃檯小姐邊往我這兒看過來，邊回答他的問題。

「對不起。」加賀刑警並未看向櫃檯，繼續面朝著我，維持一樣的表情，「我們正在確認您的不在場證明。」

「我的？」

「是的。」他微微點頭，「我們已經向童子社的大島先生做過確認了，不過，我們警方必須盡可能掌握所有相關證據，請原諒。」

「所以你們才挑這家店？」

「如果不是同一個時間來，值班的女服務生就會不一樣了。」

「眞有你的。」我打心裡感到佩服。

牧村刑警回來了，加賀刑警問他：「時間合得起來嗎？」

「嗯，合得起來。」

「那眞是太好了。」如此說完後，加賀看著我，瞬間瞇起了眼睛。

就在我們離開餐館後不久，我談到把整起事件記錄下來的事，加賀刑警表現出莫大的關心。如果我沒提起這件事的話，大夥兒走到我的公寓前，就會各自散去了吧。

「我想這種經驗大概一輩子不會遇到，所以才想用某種形式把它記錄下來。唉，你們大可把它當作是作家的天性在作祟。」

聽我這樣一講，加賀好像在盤算著什麼，不發一語。接著他說：「可不可以借看一下？」

「借看一下？讓你嗎？不行，我不是爲了要給人家看才寫的。」

「拜託你。」他欠身央求，連牧村刑警也做了相同的動作。

「饒了我吧！大馬路上的，這樣讓我很尷尬耶。我寫的內容，剛剛已經全告訴你們了。」

「那也沒有關係。」

「眞是敗給你了。」我搔著頭，嘆了口氣，「那你們上來坐一下好了，我把它存在文字處理機裡，列印的話需要一點時間。」

「謝啦。」加賀刑警說。

兩名刑警跟著我回到住處。我把印表機打開，加賀刑警來到旁邊探頭探腦的。

「這是專門處理文稿的打字機？」

「是啊。」

「日高先生家裝的可是電腦呢。」

「因爲他喜歡嘗鮮嘛！」我說：「上網發送信件啦、玩線上遊戲啦，他好像用它做很多事情。」

「野野口老師您不用電腦嗎？」

「我有這個就夠了。」

「是因爲稿子都會有人來拿嗎？出版社的人？」

「不，大部分時候我都用傳眞，在那兒不是？」我指向屋內一角的傳眞機。因爲共用一支電話線，所以旁邊還接了無線電話的主機。

「不過出版社的人昨天過來取稿了。」加賀刑警抬起頭說，是無心的嗎？我總覺得他的眼底藏著另一層深意。

是認識的人做的——我不禁想起他剛剛說過的話。

「我們有很多事情得直接面對面談，昨天他是特地過來的。」

對於我的回答，加賀只是沉默地點了個頭，不再說些什麼。

列印結束後，我把東西交給他之前說道：「老實說，我隱瞞了一點事。」

「是嗎？」加賀刑警好像不怎麼驚訝。

「你看了就知道了。我覺得那和事件無關，而且也不想平白無故冤枉人。」

是有關日高殺貓的事。

「我知道了，我早料到會有這種情形。」加賀他們接過我列印出來的筆記，再三致謝後離開了。

於是，就在加賀他們回去之後，我馬上開始撰寫今天的部分，也就是接著他們拿走的部分寫下去。或許他們會想要接著讀，不過我想我還是盡量不要去想這件事會比較好。不然的話，繼續寫下去就沒啥意義了。

六

事發後已過了兩天。日高邦彥的葬禮在離日高家幾公里外的寺廟舉行，包含出版社的人在內，有很多賓客來訪，連想要燒柱香都得排隊。

這其中當然也有電視台的人。不管是攝影人員或採訪記者，全都擺起正經八百的臉孔。不過大家都心知肚明，這些人爲了拍攝比較聳動的畫面，那一雙眼睛就像蛇一般地四處掃視著。只要某位賓客多灑了幾滴清淚，攝影機的鏡頭馬上對準他。

我上完香後，站在簽到的布棚旁，看著陸續前來的賓客。其中不乏藝人的身影，我想起日高的作品被翻拍成電影時，這些人曾擔綱演出。

上香儀式後是誦經，接著是喪家致詞。理惠身著全黑的套裝，手裡緊握著念珠，淡淡地向出席的賓客致謝，接著她談起自己對丈夫的無限思念。頓時，靜謐的會場裡此起彼落地傳來啜泣聲。

一直到最後，理惠的致詞裡沒有半句提到犯人或是自己的怨恨。不過，這樣反而更讓人感覺到她的憤怒和悲傷。

棺木抬出後，賓客們也陸續離開會場，這時在人群裡，我意外地發現了一人。

正當她離開寺廟的時候，我叫住了她：「藤尾小姐！」

藤尾美彌子停下腳步，回過頭來，長髮順勢一甩，「您是？」

「前天，我們在日高家見過面。」

「是，我想起來了。」

「我是日高的朋友，敝姓野野口。補充說明，我和妳哥也是同一所學校的同學。」

「應該是吧，那天我聽日高先生說了。」

「我有話想跟妳說，不知妳有沒有空？」

一聽此言，她看了看手錶，接著又望向不遠處。

「有人在等妳嗎？」

順著她的視線，可以看到一輛淡綠色的小貨車停在路旁，駕駛座上的年輕男子正看向這邊。

「是妳先生嗎？」

「不，不是那樣。」

我心裡認定他們是一對情侶。

「要不在這裡談也行，有一些問題想請教妳。」

「什麼問題？」

「那天妳和日高談了什麼？」

「談了什麼？還不都是些老問題。希望他儘可能把書本回收，在公開場合承認自己的錯誤，把有爭議的部分改寫成與我哥哥無關。因爲我聽說他就要到加拿大去了，所以也想確認一下，今後他要用什麼方法來展現解決事情的誠意。」

「那日高那邊怎麼說？」

「他是有誠意要解決事情啦。不過他也說了，並不打算扭曲自己長久以來的信念。」

「也就是說他無法答應妳的要求囉？」

「他好像覺得，只要不以揭發他人隱私爲樂趣，爲了追求作品的極致藝術，就算侵犯到主角人物的隱私也是無可奈何的事。」

「不過，妳不能認同吧。」

「那是當然。」她微微揚起嘴角，不過那動作稱不上是微笑。

「結果那天你們談判破裂了？」

「我請他答應我，到加拿大後要馬上和我聯絡，看用什麼方式繼續我們的談判。我看他出發前也很忙，再糾纏下去也不是辦法，所以先取得這樣的共識。」

站在日高的立場，也只能先這樣答應她吧？

「之後，妳就直接回家了嗎？」

「你說我嗎？是的。」

「途中沒有到哪裡去？」

「是的。」點完頭後，藤尾美彌子睜大眼睛瞪著我，「你是在調查我的不在場證明嗎？」

「不，這是哪兒的話。」我低下頭，搓了搓鼻子。不過，如果這不算調查不在場證明，又是什麼呢？我自己也覺得奇怪。

她嘆了口氣：「昨天，我已經見過警方，也被問到相同的問題。不過，他們問得比較露骨，像是妳是不是恨著日高先生什麼的。」

「啊，」我看著她的臉，「那妳怎麼回答？」

「我說我並沒有恨他，只不過希望他能尊重死者罷了。」

「《禁獵地》這本書，」我說：「眞的讓妳這麼在意嗎？妳覺得它褻瀆了妳哥是嗎？」

「誰都會有祕密，而且應該有權不讓它公開，就算是已故的人也一樣。」

「要是有人覺得這些祕密很感人呢？想把這份感動傳達給世人知道，有那麼罪惡嗎？」

「感動？」她盯著我看了良久，然後緩緩地搖頭，「對少女施暴的中學生會令人感動嗎？」

「以感動人心爲前提，有時也會有一些不得不描寫的場面。」

她再度嘆了口氣，故意要讓我知道她的不以爲然，「野野口先生，您也寫小說吧？」

「是，是以青少年爲訴求的小說。」

「你如此拚命地爲日高先生辯護，是因爲自己也是作家吧？」

我稍微想了一下，說道：「或許吧。」

「眞是令人討厭的工作。」她看了看手錶，說道：「我還有事，先告辭了。」隨即轉身，朝前頭等候的車子走去。

我回到公寓後，發現信箱上貼了一張字條：「我在之前去過的那家餐館，請回電，加賀。」字條上還附註了應是餐館電話的號碼。

我進入屋裡換好衣服，沒打電話就直接往餐廳走去。加賀坐在靠窗的位子，正讀著書。書本罩著書套，看不見書的封面。

看到我來，加賀趕忙站起，我用手阻止了他的動作。「沒關係，你坐。」

「這麼累還讓你過來，眞是不好意思。」他低下頭說道。他好像知道日高的葬禮在今天舉行。

我跟女侍點了杯熱牛奶，坐了下來。

「你的目的我知道，是這個吧？」我從上衣的口袋裡拿出一疊折好的紙，放到他的面前。這是昨天寫好的部分，我出門之前把它印了出來。

「不好意思，多謝幫忙。」他伸出手，似乎打算就此一讀。

「抱歉，我希望你不要在這兒看。你如果讀了我昨天給你的部份就會知道，裡面也寫了你的事，這樣怪尷尬的。」

聽到我這麼說，他微微一笑。「也對，那我就先不看了。」於是他把紙再度折好，放進上衣的內袋。

「話說回來，」我喝了口水後問道：「我的筆記是否有參考的價値？」

「有啊。」加賀刑警馬上回答：「像是案發當時的氣氛，這類東西光用耳朵聽是聽不出來的，可是一旦付諸文章就很容易掌握。如果可以的話，眞希望所有案件的目擊者或發現者都能像這樣寫出來，那就省事多了。」

「如果能這樣當然是最好。」

這時女侍送來了熱牛奶，我用湯匙把凝結在表面的薄膜拿掉。

「貓的事你覺得怎樣？」我問道。

「嚇了一跳。」他說：「受到貓的迫害是時有所聞啦，不過因爲這樣而做出那種事的，我倒是第一次聽到。」

「你們會去調查養貓的那個太太吧？」

「我向上面報告過後，他們馬上派人去查了。」

「是喔。」我喝了口牛奶，彷彿是自己去告的密，心裡感覺不太舒服。「至於其他的部分，應該和我跟你們講的一樣吧。」

「沒錯，」他點了下頭，「不過描寫細節的地方，還是很有參考的價值。」

「有那種地方嗎？」

「例如寫到您和日高先生在房裡談話的那段，裡面提到日高先生當時抽了一根香菸，這個如果不讀老師的筆記是不會知道的。」

「不，我也不是那麼確定他是否眞的只抽了一根，也或許是兩根。總之，我記得他有抽菸就對了，所以就大略地寫下來。」

「不，絕對只有一根。」他十分肯定地說。

「嗯？」我不懂這跟整起案件有什麼關聯，或許警方對事物的看法自有其獨到的見解。

接著我跟加賀刑警提起，葬禮過後我和藤尾美彌子交談的事，他似乎非常感興趣。

「結果我還是沒問出來，不過她有不在場證明吧？」

「她是其他同事去調查的，不過聽說是有的樣子。」

「這樣啊？那就沒必要把她考慮進去了。」

「老師你覺得她有嫌疑嗎？」

「也談不上嫌疑，不過就殺人動機而言，她似乎比較有可能。」

「您所謂的動機指的是親人隱私被侵害一事吧。不過就算把日高先生殺了，也解決不了問題，不是嗎？」

「我在想有沒有可能因爲看不到對方解決問題的誠意，氣憤之餘，她貿然採取行動呢？」

「不過，她從日高家出來的時候，日高還活著呢。」

「或許她離開後又馬上折了回來？」

「打算行兇嗎？」

「嗯，」我點了點頭：「打算行兇。」

「不過，那時理惠夫人還在家喔。」

「或許她一直躲在一旁，等她出門後才採取行動。」

「藤尾美彌子可能知道理惠夫人要出門的事嗎？」

「這個只要稍作交談就能察覺得到吧？」

餐桌上，加賀刑警十指交疊著。他將兩個拇指一會兒合攏、一會兒分開，這樣的動作持續一陣子之後，他說：「她從大門進入？」

「不，應該從窗子吧？因爲大門是鎖著的。」

「身穿套裝的女性從窗口爬進去嗎？」他幾乎要笑出來，「而日高就呆呆地看著？」

「她只要等到日高去上廁所就好了，然後趁他回來前躲到門的後面。」

「拿起紙鎮？」加賀刑警輕輕地舉起右拳。

「應該是吧。等到日高一進入房間，」我也掄起右拳，「就從他後腦一把敲下去。」

「這樣啊。然後呢？」

「嗯，」我回憶著前天加賀刑警說過的話，繼續說道：「用東西勒住他的脖子……用電話線對吧？然後就逃走了。」

「從哪裡逃走？」

「當然是從窗戶啦。如果是從大門出去的，我們來的時候門就不會上鎖了。」

「是這樣啊。」他將手伸向咖啡杯，這時才發現裡面已經空了，於是又將它擺回原位。「可是爲什麼不能從大門出去呢？」

「這個我不太清楚，大概是不想引人注意吧？這是犯人的心理作用。不過，話說回來，如果她有不在場證明的話，剛剛講的都只是假設而已。」

「嗯，也是。」他說：「因爲她有不在場證明，所以我也把老師的話當作假設來聽。」

聽到他這句話，我感到有些意外。

「你大可把它忘了。」

「不過，很有參考價值，我覺得是很有趣的推理。先不管那個了，你可不可幫我做另一個推理？」

「我是沒有自信可以做出專業的推理啦……是什麼？」

「爲什麼犯人要把屋裡的燈全關掉呢？」

「那是想要讓你以爲……」我考慮了一下說道：「屋裡沒人吧？萬一眞的有誰來了，也會就此打道回府，這樣屍體就能晚一點被發現。事實上，當我看到屋裡全暗的時候，眞的以爲沒人在家呢。」

「你是說犯人想讓屍體晚一點被發現？」

「這應該也算犯罪心理吧？」

「那麼，」他說：「爲何電腦還開著？」

「電腦？」

「嗯，老師您的筆記裡也有記載，說進入房間的時候，看到畫面上閃著白色的亮光。」

「確實如此，大概是犯人以爲電腦就算開著也沒啥要緊吧？」

「昨天我回家後做了個簡單的實驗。我把房間的燈全部關掉，只讓電腦螢幕開著。結果我發現那還蠻亮的，站在窗外隱約可見光線從窗簾透出。如果眞要製造沒人在家的假象，應該連電腦都關掉才對。」

「那他大概是不知道關機的方法吧？沒碰觸過電腦的人，不知道這事也沒啥大不了。」

「不過要關掉螢幕是很簡單的，只要按下開關就行了。如果連這個都不知道，乾脆拔掉插頭也行。」

「可能是他沒注意到吧？」

加賀直直盯著我看，接著他點了點頭。「也對，或許是沒留神吧？」

接下來我已不知還能講什麼，只好保持沉默。

「抱歉，佔用你的時間。」加賀說完後站了起來。

「今天的部分你也會寫下來吧？」

「我是這麼打算。」

「那也能讓我拜讀吧？」

「嗯，我是不介意啦。」

他朝櫃檯走去，中途卻停了下來：「我眞的不適合當老師嗎？」他問。我的筆記裡好像寫出了這層意思。

「這只是我個人的看法。」我答道。

他垂下眼，嘆口氣後邁開步伐。

加賀到底在想些什麼，我一概不知。

如果他能坦白地告訴我他所知道的就好了，我心想。

疑惑之章

加賀恭一郎的紀錄

關於這起案件，讓我特別注意的一個地方，就是兇嫌使用的兇器竟然是「紙鎮」，那是日高邦彥屋裡原有的東西。因此，我們可以推斷，兇嫌當初進入日高家時，並無意殺害日高邦彥。如果他一開始就打算殺他的話，應該就不會使用這樣的手法。當然，我們也不排除，兇嫌事先早有安排，卻因爲臨時變故，不得不改變殺人的方法。可是改變手法後，竟改以紙鎮爲攻擊武器，又未免太欠思慮了。如此看來，此次犯案應可歸論爲突發、臨時起意的謀殺吧？

不過，還有一件事讓人無法忽視——日高家的門是鎖著的。根據第一發現者的供詞，住家大門以及日高工作室的門都上了鎖。

關於這點，日高理惠曾經證實：「五點過後，我離開家的時候就把大門鎖上了。因爲我擔心丈夫一個人窩在工作室裡，就算有人從外面進來他也不曉得。可是我作夢也沒想到，這種事竟然眞的發生了。」

根據指紋比對的結果，大門門把上只檢測出日高夫婦的指紋，而且也沒有手套或是布巾擦拭過的痕跡。就門扉深鎖的情況來看，大門應該是從日高里惠離開後就一直鎖著。

而工作室的門很可能是犯人從裡頭反鎖住的。因爲和玄關的門不同，這裡明顯有指紋被擦掉的痕跡。

從以上幾點判斷，犯人最有可能從窗戶爬進房間。可是這樣的推斷，有一個矛盾：原本無意殺人的匪徒從窗口闖入？可偏偏他想偷東西的可能性又很低。即使是當天是第一次到日高家也能馬上知道，裡頭根本沒剩什麼値錢的東西。

事實上，破解這個矛盾的假設只有一個：當天犯人總共去了日高家兩次。第一次來的時候確實是因爲有事登門拜訪。可是那人離開了日高家之後（正確的說，應該是假裝離開日高家之後），又馬上進行了第二度的探訪。這時那人心中已打定某種主意，所以改由窗口進入。而這主意不用說，自然是「殺人的企圖」。我們大可假設，他是在第一次拜訪的時候，萌發了殺機。

如果眞是這樣的話，案發當天有誰曾到過日高家呢？答案很明顯的指向兩個人：藤尾美彌子和野野口修。

我們對這兩人展開了交叉調查。不過，結果卻與警方想的相反，他們兩個都有不在場證明。當天藤尾美彌子在傍晚六點回到住處，幫她作證的有她的未婚夫中塚忠夫，以及擔任他二人婚禮介紹人的植田菊雄，他們約好要討論下個月舉辦訂婚典禮的事宜。植田是中塚的上司，和藤尾美彌子沒有直接的關係，他應該沒有必要爲下屬的未婚妻作僞證。而根據日高理惠的證詞，藤尾美彌子離開日高家的時候已經五點了，就日高與美彌子家的距離以及兩地間的交通狀況來看，她在六點到家也是極其合理的事。換句話說，藤尾美彌子的不在場證明可謂毫無破綻。

其次是野野口修。

在偵查這個人的時候，不可否認的，我多少帶了些私人感情。他曾是我職場上的前輩，也是知道我晦澀過去的人。

不過，做我們這行的，如果因爲私人恩怨而影響辦案的話，也只能說不適任了。在承辦這起案件時我下定決心，要盡可能客觀地審視我倆曾經共有的過去。然而，這並不代表我會把過去遺忘，這也有可能成爲破案的利器。

根據野野口修本人的說法，他的不在場證明是這樣的：

當天四點三十分左右，藤尾美彌子來訪後，他就離開了日高家。接著他直接回家，一直到六點都在工作。六點一到，童子社的編輯大島幸夫來了，他們開始討論稿子的事。這期間日高邦彥打了電話過來，說是有事要和他商量，請他八點過去他家。

野野口修先和大島到住家附近的餐館用晚餐，之後才前往日高家，抵達的時候正好是八點整。因爲沒人應門，他感到有點奇怪，於是打電話給日高理惠。在日高理惠到來之前，他去了附近的咖啡店「洋燈」，一邊喝著咖啡一邊等她。八點四十分左右，他再度折回日高家，正好日高理惠也來了。兩人一起進入屋內，進而發現了屍體。

整理案情的同時，我發現野野口修的不在場證明也近乎完美。而童子社的大島以及「洋燈」的老闆也證明了他所言不假。

不過，這其中也不是完全沒有漏洞。從他的供詞推斷，他唯一可殺日高的機會，應該是在打電話給理惠之前吧。也就是說，他和大島分開後，一抵達日高家就馬上殺了日高邦彥，之後做一些善後，再若無其事地打電話給被害人的妻子。

不過，法醫的鑑定已經證明這樣的假設無法成立。案發當天下午，日高邦彥和妻子購物的途中，曾吃了一個漢堡，依照胃中食物消化的程度推斷，死亡時刻應該在五點到六點之間，最晚也不可能超過七點。

難道只能承認野野口修的不在場證明是完美的嗎？

老實說，我一直覺得兇嫌應該是他。之所以這樣認定，是因爲案發當晚他脫口而出的某一句話。從聽見那句話的瞬間，我就開始揣想他是兇嫌的可能性。我也知道，光憑直覺辦案非常沒有效率，可是只有這一次，我任憑直覺自由發展。

聽到野野口修把這件事記錄下來，我覺得十分意外。因爲我想，如果他眞是兇嫌，絕對不會做出把事情細節交代清楚的蠢事。可是，當我讀著筆記的時候，這個想法卻發生了一百八十度的轉變。

我必須承認，那份筆記寫得非常完整，而且還十分具有說服力。閱讀的時候，我幾乎忘了裡面所描寫的內容未必與事實相符。不過，這不正是野野口的居心嗎？

我揣想身爲犯人的他，要怎麼轉移警方對自己的懷疑。他應該早就料到，因爲時間的問題，自己將成爲最可疑的對象。

而此時在他面前出現的，竟然是曾在同一所學校執過教鞭的男子。於是他利用那個男人，寫出假的筆記讓他閱讀。昔日的菜鳥老師，即使做了刑警也肯定成不了大器，他應該很容易中計。

這會是我自己的胡思亂想嗎？因爲彼此相識，潛意識裡太過強調辦案不可摻入私人情感，結果反而更看不清事實？

然而，我成功地在他的筆記裡發現了幾處隱匿的陷阱。更諷刺的是，如果不是他親手寫的這份筆記，也找不出除了他以外，犯人不做第二人想的重要證據。

現在的障礙就是他的不在場證明。不過，話說回來，從頭到尾也只不過是他個人的說明而已。六點過後接到的那通電話，眞的是日高邦彥打來的嗎？這點誰都不知道。

我把與此案相關的諸多疑點從頭到尾再檢視一遍，結果發現這些都有一條線索牽著，而答案就在野野口修的筆記裡。

將自己所得的推理重新審視後，我向上司報告了。我的主管是個十分謹慎的人，不過他也贊同我的論調。從第一次見面的印象推斷，他也覺得野野口修怪怪的。野野口的筆記裡並沒有提到，事發當晚他顯得異常興奮而多話。我和主管都知道，這是眞兇顯露面目的典型之一。

「現在就只欠物證了。」主管這樣說道。

關於這點我亦有同感。雖然我對自己的推理頗具信心，可是這只能算是基於現況所做的合理推斷。

此外還有一個問題。犯人的動機是什麼？我們做了各式調查，日高邦彥就不用說了，而針對野野口修，我們也蒐集了不少資料，但實在找不出野野口修殺害日高的理由。不，就工作上多方關照這點而言，日高甚至可以算是野野口修的恩人。

我回憶起記憶中的野野口修，那時在國中任教的他，總是一派冷靜，凡事照本宣科，從來沒有出過差錯。就算學生臨時惹出什麼麻煩，他也絕對不會自亂陣腳，他會參考過去的案例，在第一時間做出最無爭議的決斷。說難聽一點，他不會加進半點私人情感，一切公事公辦。曾經有一位女英文老師跟我談過他的這項特質：

「野野口老師眞的很不喜歡教書這份工作。因爲他不想操煩學生的問題，也不想去擔負多餘的責任，所以才會盡可能冷靜處理所有事情。」

她說，野野口老師想要早點辭去教職，成爲一位作家。就連教師間的聯誼會也很少參加，好像都在家裡寫作。

結果如她所言，野野口修眞的成爲作家。我不知道教師這份職業，對野野口而言到底意味著什麼。不過，有一次他曾經親口對我說過：「老師和學生的關係是建立在一份錯覺上。老師錯以爲自己可以教學生什麼，而學生錯以爲能從老師那裡學到什麼。重要的是，維持這份錯覺對雙方而言都是件幸福的事。因爲看清了眞相，反而一點好處都沒有。我們在做的事，不過是教育的扮家家酒而已。」

是什麼樣的體驗讓他說出這樣的話呢？我不瞭解。

解決之章

野野口修的筆記

以下的文章是在加賀刑警的允許下寫的。在我離開這間屋子以前，我拜託他，無論如何讓我完成這份筆記，他法外開恩地答應了我。不過，他一定無法理解，都已經到了這般田地，爲什麼我還堅持要寫下去。即使是造假的筆記，一旦動筆寫了就想要把它完成，此乃作家的天性，這樣說他應該可以理解了吧。

不過，就我本身而言，能爲這一小時的經驗留下紀錄，已讓我心滿意足。想要記錄印象深刻的體驗應該也是作家的本性吧？即使那是自我毀滅的紀錄。

今天加賀刑警終於來了，時間是四月二十一日的上午十點整。在聽到門鈴響起的那一瞬間，我就懷著某種預感，確定來訪的人是他後，我相信那份預感就要實現了。不過，我依然努力地隱藏起情緒的激動，將他迎入屋內。

「突然來訪眞不好意思，有些事想跟你談。」他一如往常，以沉穩的語調說道。

「有什麼事？算了，先進來吧！」

「嗯，打擾了。」

我領他到沙發前坐下，自己走去泡茶。「不用麻煩了。」他說。

「有什麼事想跟我談？」我把茶杯遞到他的面前，隨口問道。這時，我發覺自己的手顫抖著，抬頭一看，加賀刑警也正盯著我的手瞧。

他沒有伸手去拿茶杯，反而目不轉睛地看著我。

「老實說，我恐怕要對不住您了。」

「怎麼說？」我力持鎮定。其實此刻我忽然一陣暈眩，心臟的鼓動也越來越快。

「我們打算搜索老師的房子……這間屋子。」加賀刑警面有難色地說道。

我先做出目瞪口呆的表情，進而抿嘴微笑。當然我不知道這裝得好不好，也許在加賀刑警的眼中只看到我的臉歪了。

「怎麼說？搜索我的房子，也不會有任何發現的。」

「若是那樣就好了……可是恐怕我會找出什麼東西。」

「等一下，難不成你們以為……你們把我當作殺害日高的嫌犯，以為會在這裡找出什麼證據？」

加賀刑警輕輕地點了點頭：「是這樣沒錯。」

「這太令人驚訝了。」我搖著頭，故意嘆了口氣，拚命作戲。「我連想都沒想過會聽見這樣的話，害我不知該怎麼回答才好。如果你是在開玩笑的話，那就算了，可是你看起來不像在開玩笑。」

「老師，很抱歉，我是認眞的。先前曾受您照顧，如今對您說出這樣的話，我的內心也很掙扎，不過發掘事實是我們做警察的本分。」

「我當然可以體諒你的處境。只要你覺得可疑，就算去調查我的朋友或是家人也是職責所在。可是老實說，我很驚訝也很困惑，因為事情來得太突然了。」

「我已經把搜索票帶來了。」

「你是說搜索票嗎？那是當然。不過，在你把它拿出來之前，可不可以告訴我原因，也就是說……」

「為什麼懷疑您嗎？」

「沒錯。還是你們習慣什麼都不說，就劈哩啪啦地翻箱倒櫃隨便亂找？」

「有時也會這樣。不過，」他垂下眼，伸手拿起剛才擺在一旁的茶，喝了一口。接著，他看向了我。「我想先跟您談談。」

「你能這樣做我很感激。不過，這並不代表我聽了你的話就會服氣。」

加賀並沒有回應，他從上衣口袋裡拿出了記事本。

「最重要的一點，」他說：「是日高先生的死亡時間。雖然大體來說，是在五點到七點之間，不過，負責解剖的醫生說超過六點以後的可能性微乎其微。從胃中食物的消化狀況來推斷死亡時間可信度極高，而像這樣的案件，沒有必要把誤差拉到兩小時那麼長。可是，竟然有人作證日高先生六點以後還活著。」

「你是說我吧？就算被你懷疑，我也只能這麼說。或許這樣的可能性很低，可是畢竟那是生理反應，偶爾也會有二、三十分鐘的落差吧？」

「當然可能。不過我們關切的是證詞裡所說的那通電話，因為我們無法確定，那通電話到底是不是死者本人打的。」

「那是日高的聲音，肯定沒錯。」

「可是這點沒辦法證實，畢竟當時接聽電話的只有您一人而已。」

「所謂的『電話』本來就是如此吧？你們不相信，我也沒有辦法。」

「我是很想相信，倒是檢察官那邊沒那麼容易被說服吧？」

「接電話的確實只有我而已，不過你們連旁邊還有一個人的事都忘了，就教我傷腦筋了。你不是已經從童子社的大島那裡獲得證實了嗎？」

「我是問了。大島先生也說，在和您談話之中的確有電話進來。」

「當時我們在電話裡的對話，難道他沒聽到嗎？」

「不，他聽到了。他說電話中野野口先生好像和人約了待會兒碰面。不過，他是後來才知道打電話來的是日高先生。」

「我懂了，光這樣是沒辦法證明什麼。也有可能是毫不相干的人打來的電話，我卻故意誤導他是日高打的。你想說的是這個吧？」

聽我這麼一說，加賀皺起眉頭，咬著下唇。

「我沒有理由排除這個可能。」

「請你排除這個可能……我好像也不能這樣要求你喔。」我故作俏皮地說。「不過，我還是不懂。從解剖結果推算而出的死亡時間或多或少有點誤差，可是也不至於完全不準是吧？儘管如此，我聽得出來你們打一開始就認定我在說謊，是不是還有其他的理由？」

加賀定定地看著我的眼睛，說道：「嗯，有的。」

「願聞其詳。」

「香菸。」他說。

「香菸？」

「老師您自己也說過，日高是個老菸槍，他工作的時候屋子裡煙霧瀰漫，就好像在趨蟲一樣。」

「唔，我是說過……那又怎樣？」說話的同時，不祥的預感就好像一陣黑煙在我胸膛擴散開來。

加賀說：「菸灰缸裡只有一個菸蒂。」

「咦？」

「只有一個，日高工作室裡的菸灰缸裡只有一個捻熄的菸蒂。藤尾美彌子五點就離開了，如果之後他就接著工作的話，菸蒂肯定會更多才對。此外，那唯一的菸蒂還不是在工作時抽的，而是在和野野口老師您聊天時留下來的。這件事我是看了老師的筆記才知道的。」

我不知該說些什麼，只好一逕保持沉默。我想起之前加賀刑警曾問過我日高抽了幾根菸的事。這麼說來，打那時起他就已經開始懷疑我了？

「也就是說，」他繼續說道：「日高從一人獨處到被殺前的這段時間，連一根香菸都沒抽。關於這點，我問過理惠夫人，她告訴我，就算只工作半個小時，日高都至少會抽上兩、三根。而且，他的傾向是越是投入工作，就越抽得兇。可是，實際上他卻一根菸都沒抽，這要做何解釋呢？」

我開始在心中咒罵自己。就算我自己不抽，沒想得那麼周全，也不該漏了這點。

「大概是菸抽完了吧？」總之我先找話搪塞，「或是發現沒有存貨，所以省著點抽？」

然而，加賀刑警是不可能漏掉這種細節的。

「白天出去的時候，日高又買了四包菸。書桌上的一包已經開了，裡面還剩下十四根，另外還有三包全新的在抽屜裡。」

他的語調十分平靜，可是他所說的每一句話卻挾著咄咄逼人的氣勢。我忽然想起他曾是一名劍道高手，霎時，一股寒意直透我的背脊。

「喔，是這樣嗎？如此說來，只有一個菸蒂確實蠻奇怪的。這其中的理由，也只有問日高本人才知道了。搞不好，他恰好喉嚨痛。」我試圖矇混過去。

「如果眞是那樣，那他在老師面前也不會抽吧？站在我們的立場，必須做出最合理的推斷才行。」

「總而言之，你是想說他被殺的時間應該更早，對吧？」

「應該非常早，恐怕是在理惠夫人一出門以後吧？」

「你好像很肯定。」

「讓我們再回到香菸的問題上。日高和藤尾美彌子在一起的時候，一根菸也沒抽。這其中的理由我們已經知道了，根據理惠夫人的說法，之前藤尾美彌子看到香菸的煙霧時，曾經露出不悅的表情，因此爲了談判能夠順利進行，日高本人曾經說過，以後最好不要在這女人的面前抽菸。」

「喔……」老謀深算的日高確實會這麼想沒錯。

「和藤尾美彌子的談判，必定爲他帶來很大的壓力。因此我要是日高本人，她一走，勢必就像飢渴了很久突然得到解放一樣，馬上伸手取菸。可是，現場卻沒有他留下的菸蒂，是不想抽呢？還是不能抽？我個人以爲是後者。」

「你的意思是因爲他已經被殺了？」

「沒錯。」他點了下頭。

「可是我在這之前就已經離開日高家了喔。」

「嗯，我知道，你是走出了大門。不過也有可能在那之後你就從庭院繞了回來，往日高的工作室走去。」

「你好像親眼看到一樣。」

「老師您自己也曾經做過相同的推理，當時我們假設藤尾美彌子是犯人。您說了，她有可能先假裝從日高家出來，然後再繞回工作室去。那會不會就是在描述您自己的行動呢？」

我緩緩地搖了搖頭。「敗給你了。我作夢也想不到，你會用這種方式來解讀我說的話，我可是一心一意想幫你的忙。」

聽我這麼一說，加賀刑警把目光移到記事本上，接著說道：「老師您自己在筆記裡，曾經針對您離開日高家的那段做了描寫，上面寫著『她說再見，一直看著我轉入下一個街角。』這個『她』，指的是理惠夫人吧。」

「這又哪裡不對了？」

「就字面的意思來看，您是說理惠夫人站在門外一直目送著您離開。關於這點，我們已經跟夫人求證過了，她的回答是只送您到玄關而已。爲什麼會產生這樣的矛盾呢？」

「你說矛盾未免太小題大作了吧？這肯定是某一方記錯了。」

「這樣嗎？不過我卻不這麼認為，我覺得您是故意把它寫得和事實相反。也就是說，您這樣寫是想藉此隱瞞您並未走出大門而折返庭院的事實。」

我故意噗哧一笑。「太好笑了！這根本是穿鑿附會。你們心裡已經認定我是兇嫌，才會這樣解讀一切。」

「我個人，」他說：「可是努力想做出客觀的判斷。」

我一時被他的目光給震攝住，腦袋裡忽然想起這個男人連平常談話時，只要提到自己就會說出「我個人」的術語——等這類毫不相干的問題。

「我瞭解了！沒關係，你要推理是你的自由。說到推理，希望你把後面的情節也交代清楚。躲在窗下的我後來又做了什麼？從窗戶闖入，一口氣把日高敲昏嗎？」

「是這樣嗎？」加賀刑警觀察我的神色。

「別忘了，問的人是我！」

他嘆了口氣，輕輕搖了搖頭。「關於行兇的細節還是本人親口來說最好。」

「那你是要我自白囉？如果我是犯人的話，現在我馬上一五一十地告訴你，可惜我不是，也許你會覺得很遺憾。我們還是把話題轉回電話上，我接到的電話真的是日高打來的，那又會是誰打給了我？我所說的證詞已經被媒體大肆報導過了，如果那天打電話給我的另有其人，那麼此人現在應該已經跟警方聯絡了。」接著我裝作好像現在才想到似的比出食指，「原來你以為我有共犯是吧？是共犯打給我的？」

然而，他只是不發一語地環顧著屋裡的擺設，接著他看到了餐桌上的無線電話機，將它拿起後又重新坐下。

「並不需要用到共犯，只要讓這支電話發出鈴響就行了。」

「話雖如此，沒人打過來它怎麼會響？」說完後，我彈了下手指。「原來如此，我知道了。你會說當時我身上藏著手機，趁大島不注意的時候，自己打電話到家裡來，對吧？」

「這個方法也可以讓電話響。」他說。

「不過，這是不可能的。我沒有手機，也找不到人借。所以……對了，如果我運用了這個技巧，不是很簡單就能查出來？電信局那邊應該會有紀錄吧。」

「要調查電話是從哪邊打來的可難了。」

「啊，這樣嗎？因爲反偵測的關係？」

「不過，」他說：「要調查打到哪兒去卻是輕而易舉。譬如這次，我們去查日高先生當天打電話去哪裡就好了。」

「那，你們查過了嗎？」

「嗯，查過了。」加賀刑警點了點頭。

「喔，結果呢？」

「通聯紀錄顯示，六點十三分確實有電話接到您的府上。」

「嗯……本來就該這樣，因爲確實有電話進來。」嘴裡還答應著的我卻越發恐懼。加賀刑警已經看過通聯紀錄，卻還是沒有排除我涉案的可能，可見他必定發覺是我佈下的局。

加賀刑警站了起來，把無線電話放回原位，不過這次他沒再坐回沙發裡。

「日高先生當天一完成稿子，應該就會馬上傳送出去。可是在他的工作室裡卻看不到傳眞機，爲什麼？這點老師你應該很清楚。」

不知道，我本想這麼說，卻依然保持著沉默。

加賀刑警說了：「因爲可以藉由電腦直接傳送，你是知道的。」

「是聽說過。」我簡短回答。

「還眞方便，手邊不需留下任何的紙張。原本日高打算到加拿大後，就要開始使用電子郵件，所以事先做了準備——他是這麼跟編輯說的。這樣一來，好像連電話費也省了。」

「太複雜的事我可不懂，我對電腦不熟。可以不用列印，直接傳送，我也只是聽日高說過而已。」

「電腦一點都不難，誰都會用，而且它還有很多方便的功能。你可以同時傳信給很多人，也可以把收件人的住址登錄起來，還有……」他停頓了一下，俯視著我繼續說道：「只要事先設定好，它就會在指定的時間把信傳出去。」

「你是想說我使用了這種功能？」

他沒有回答我的問題，大概是覺得沒有回答的必要。

「關於燈光的事，我們相當重視。」他說：「老師您說到日高家時，屋裡是全暗的。我之前也曾經提過，我無法理解兇嫌既然要製造沒人在家的假象，又爲何單單讓電腦開著。後來我終於明白，因爲電腦是讓計劃成功的重要道具，所以它必須開著。老師您將日高殺了之後，就立刻忙著製造不在場證明。說得具體一點，您讓電腦啓動，從中叫出適當的文件，然後設定此份文件於六點十三分以傳眞的方式傳送到這間屋子。接著，您把屋內的燈全關了，這是爲了之後的行動所做的必要措施。因爲您必須讓人以爲，您是在晚上八點再度來到日高家後，發現燈全暗著，以爲對方不在家，才打電話給住在飯店的理惠夫人。如果那時房裡的燈亮著，照理說在打電話去飯店前，一般人都會先到窗口去查看一下，爲了避免讓人起疑，您儘可能安排成是和理惠夫人一起發現了屍體。」

一口氣說完後，加賀刑警停頓了一下，他大概以爲我會反駁或解釋吧，可是我什麼都沒說。

「老師，您連電腦的螢幕保護畫面都考慮到了吧？」他繼續解說下去，「我之前也說過，電腦螢幕透出的光其實蠻亮的。可是，您不得不讓電腦的主機開著，就算這樣，單把螢幕關掉不就結了，不過這樣做反而更加危險。發現屍體的時候，理惠夫人也會在旁邊，如果她注意到主機開著，螢幕卻一片漆黑的話，恐怕這將成爲警方識破整個佈局的導火線。」

我試著吞嚥口水，無奈喉嚨一片乾澀，竟無法做到。我對加賀刑警的明察秋毫深感惶恐，他神能地推測出我當時心中的想法，簡直太完美了。

「我想老師是在五點半左右離開日高家的吧？接著您在趕回家的途中，打了通電話請童子社的大島先生馬上過來取稿。大島先生說了，那天您原本打算以傳眞的方式交稿的，可是卻突然說有急事要他趕來。幸運的是，童子社到這裡只要坐一班電車，花三十分鐘就到了。」接著他把話說完，「這件事老師在筆記裡並沒有提到，您寫的好像是大島先生之所以會來是老早就說好的了。」

這我當然不會刻意去寫——我以一聲長嘆取代回答。

「爲什麼您要叫大島過來呢？我想答案很清楚——爲了讓他替你做不在場證明。六點十三分，日高的電腦如你所設定的，打電話到這裡來。當時屋裡的傳眞機並沒有切換至傳眞功能，你拿起無線電話機，接了電話。此時聽筒那邊傳來的只有傳眞發送的訊號音而已，而你卻表演著高超的演技，一邊聽著機械的聲音，一邊假裝正和某人交談。連大島都被你騙過了，可見你的演技是多麼的完美。順利演完獨角戲的你就這樣掛了電話，而日高的電腦也完成了打電話的任務。到了這裡，剩下的工作就簡單多了。你只要按照計劃，一起和理惠夫人發現日高的屍體就好了。然後在等警察來的空檔，趁夫人不注意的時候，把電腦的通信紀錄刪除掉。」

加賀刑警不知打何時起已經不稱我爲「老師」，而直接改叫「你」了。不過這也沒什麼好在意的，這樣反倒比較適合這種場面。

「我覺得你的佈局很完美，不像是短時間內想出來的。不過，有一點小小的瑕疵。」

瑕疵？是什麼呢？我心想。

他說：「日高家的電話。如果日高眞的曾經打電話過來，只要按下重播鍵，電話就會再次接通了。」

啊！我在心裡叫道。

「不過重播的電話卻不是接來這裡，而是接到加拿大的溫哥華。根據理惠夫人的證詞，案發當天的清晨六點，日高本人曾打過電話，重播後連到的號碼應該就是當時留下來的。當然也有可能是相反的情況，日高先打電話到這裡，然後又想打電話去加拿大，於是他撥好號碼，卻在接通前把電話掛了。不過會考慮到時差，特地起個大早打電話的人，應該不會忘記當時加拿大正値深夜吧？這是我們的看法。」

然後加賀刑警以一句「我說完了」作爲總結。

接下來是一陣短暫的沉默，加賀刑警在等待我的反應吧？可是，我的腦袋空轉著，擠不出半句話來。

「你不提出辯解嗎？」他頗爲意外地問道。

這時我慢慢地抬起頭來，和加賀刑警四目相對。他的目光雖然銳利，卻不陰險，那不是警察面對嫌疑犯的眼神，我稍稍感到放鬆。

「那麼原稿你們怎麼說？日高電腦裡的《冰之扉》連載。如果剛剛你的推理都是正確的，那他是什麼時候寫的稿子？」

聽我一說，加賀刑警抿緊雙唇，望向天花板。他並非無話可答，而是在想要怎麼回答較好的樣子。

終於，他開了口：「我的看法有兩種。其一，事實上那些稿子是日高之前就寫好的了，而你知道了這點，應用它作爲製造不在場證明的工具。」

「其二呢？」

「其二，」他的視線移回我的臉上，「那些稿子是你寫的。那天你身上帶著存有原稿的磁片，爲了製作不在場證明，你臨時把它存進日高的電腦裡。」

「眞是大膽的假設。」我試著堆起笑容，無奈兩頰僵硬，無法動彈。

「那份稿子我請聽明社的山邊先生看過了。山邊先生認爲那明顯是別人寫的。文體略爲不同，換行的方式也不一樣，光就形式而言就有很多差異。」

「你的意思是……」我聲音已經沙啞，試著輕咳幾下，「我一開始就打算殺他，所以把稿子先準備好了？」

「不，我不覺得是這樣。如果事先早有計劃，應該把文體或形式模仿得更像才對，那並非什麼困難的事。而且從兇器是紙鎮，又臨時叫大島先生過來充當不在場證明的證人來看，這一切應該是臨時起意的。」

「那，我事先寫好稿子又要做何解釋？」

「問題就出在這裡。爲什麼你會有《冰之扉》的原稿呢？不，應該說爲什麼從以前你就在寫那份稿子呢？我個人對這點非常感興趣，我覺得這裡面就藏著你殺害日高邦彥的動機。」

我閉上眼睛，避免自己情緒失控。

「你所說的全部是想像的吧？你根本沒有任何證據。」

「沒錯，所以我才想搜查這間屋子。話都說到這裡了，你應該知道我們想搜出什麼東西吧？」見我不發一語，他說了：「磁片，那張存有原稿的磁片。說不好那份原稿還留在你文字處理機的硬碟裡，不，八成還留著。如果那是爲預謀犯罪而準備的，應該會被立刻處理掉，不過，我不認爲是這樣。那份原稿，你肯定還收著。」

我抬起頭，加賀清澄的眼睛正對著我瞧。不知爲何，我竟能平心靜氣地接受他的審視。我冥想片刻，讓心情平復下來。

「找到要找的東西，你們就會逮捕我嗎？」

「應該是吧，很抱歉。」

「在這之前，」我問：「我可以自首嗎？」

加賀刑警睜大了眼睛，接著他搖了搖頭。「很遺憾，到此地步已經不能算自首了。不過，若你還想頑強抵抗，我不覺得那是上策。」

「是嗎？」我的肩膀整個癱軟了。我一邊感到絕望，一邊又有一種放鬆的感覺，因爲再也不用演戲了。「你是從什麼時候開始懷疑我的？」我問加賀。

「從事件發生的那個晚上。」他回答。

「事件發生的晚上？我又犯了什麼錯誤嗎？」

「嗯，」他點頭：「你問我判定的死亡時間。」

「這又哪裡不對了？」

「確實不對。老師您六點多和日高通過電話，而八點前命案就已經發生，這是您早就知道的，所以判定的死亡時間頂多只能落在這個區間，可是您卻特地向警察詢問。」

「啊……」

「還有隔天您又問了同樣的問題，就是我們在那家餐館用餐的時候。那時我心裡就有譜了，老師您不是想知道命案發生的時間，而是想知道警方認定的死亡時間是什麼時候。」

「是這樣啊……？」

他說的沒錯。我太過擔心，不知自己的計謀成功了沒有。

「了不起，」我轉向加賀刑警說道：「我覺得你是個很了不起的警察。」

「謝謝。」他鞠了個躬，繼續說：「那麼，我們可以準備出門了嗎？不過，不好意思，我必須在這裡看著你。稍不留神，讓嫌犯一人獨處而發生不可挽回的憾事，這樣的例子也不在少數。」

我明白他話裡的意思。

「我不會自殺的。」我笑著說道。不可思議的，那是非常自然的微笑。

「嗯，拜託您了。」加賀也回了我一個自然的笑容。

探究之章

加賀恭一郎的獨白

自從逮捕野野口修後，已經過了整整四天。所有與犯罪相關的事實，他都承認了。只有一樣，他三緘其口，遲遲不肯回答。有關他的犯罪動機。

爲何他要殺害日高邦彥？那是他自童年起就認識的好友，又是在工作上關照他的恩人，關於這點他怎麼也不肯說。

「人是我殺的，動機根本不值一提。你就把它當作是我一時衝動的魯莽行動就行了。」面對檢察官時，野野口也是這套說詞。

不過，我多少猜得出來，這一切和《冰之扉》的原稿有關。

附帶一提，那份稿子已經找到了。正如我所猜測的，它還儲存在文字處理機的硬碟裡。此外，被認爲案發當天野野口帶到日高家的磁片也在書桌的抽屜裡，那張磁片與日高家的電腦可以相容。

我一直以爲，此次犯案並非預先計劃好的，而整個偵查小組也是這樣認爲。如果眞是這樣，問題就來了。野野口那天爲何剛好身上會帶著《冰之扉》下回連載的磁片呢？不，應該說，野野口爲何事先寫好原本該是日高工作內容的稿子呢？

關於這點，我在逮捕野野口修之前，就已成立一個假設。我相信在這假設的延長線上，肯定能找到犯罪的眞正動機。

剩下的只要讓野野口親口證實這個假設就好了，可是他什麼都不說。關於身上爲何會帶有《冰之扉》原稿的磁片，他的說法是這樣的：「那是我出於好玩寫的。我想叫日高嚇一跳，所以才帶上了它。我跟他說，如果趕不及截稿時間，就把這個拿去用。當然，他沒把我的話當眞。」

不用我說，這套供詞一點說服力都沒有。不過，他卻是一副信不信隨你的態度。

於是，我們這些幹員只好再次搜索野野口的屋子。之前那次，只查看了文字處理機的檔案和書桌的抽屜，根本談不上是搜索。

結果，我們點收了十八件重要的物證，可以證明我的假設確實成立。這其中包括厚厚的大學筆記八冊，2HD規格的磁片八張，與兩大本裝訂成冊的稿紙。

刑事組調查過後，發現這些全是小說。從大學筆記以及稿紙上的筆跡，可以確定這些的確是野野口本人所寫。

一開始，我們從某張磁片裡，發現了不可置信的東西。不，就我個人而言，那是預料中的事。

磁片裡是《冰之扉》的原稿。不過那不是這次的，而是之前已經在雜誌發表過的所有篇章。我請聰明社的編輯山邊先生幫我看那些稿子，他的看法如下：「這確實是《冰之扉》至今為止連載過的部分。故事的情節雖然相同，卻有好幾個部分是我們手上的稿子所沒有的，也有正好相反的情形。總之，兩者在辭語的運用及文體的表現確實有微妙的差異。」

也就是說，同樣的現象不僅出現在此次野野口利用作爲不在場證明的原稿上，也出現在這張磁碟片裡。

於是我們收集起日高邦彥的所有作品，大家分配著閱讀。附帶一提，很多幹員都苦笑著說，已經很久不曾像這樣拚命讀書了。

這份努力的成果，讓我們發現驚人的事實。從野野口修的房裡搜出的八本大學筆記，裡面共寫了五部長篇小說，而其中的內容和日高邦彥至今發表的作品完全一樣。書名和人物的名稱或許稍有變動，形式或略有不同，但故事的演變、進展卻如出一轍。

而其他的磁片裡共包括了三部長篇、二十部短篇，所有的長篇都與日高的作品相同，短篇則有十七部是相同的情形。至於那些湊不起來的短篇，則隸屬於兒童文學的範疇，以野野口修的名義發表。

而寫在稿紙上的兩篇短篇小說，則在日高的作品裡找不到類似的。就稿紙的陳舊情形推斷，那應該是很久以前寫的，或許再往前探究，能發現什麼也說不定。

不管怎樣，在非作者的住處發現這麼多原稿已經很不合理了。更何況，這些內容雖不至於與已發表的作品完全一致，卻僅有些許的差異，這一點也令人匪夷所思。而那些寫在大學筆記中的作品，甚至還有添註和訂正的痕跡，看得出途中幾經推敲修飾。

說到這裡，我不得不斷言我的假設是正確的。

我的假設就是：野野口修該不會是日高邦彥的影子作家吧？因為這種種奇妙的糾葛，誘發了此次的殺人案件？

我在偵查室裡針對這點詢問過野野口修，結果他面不改色地否定了。

「不是。」

那麼，那些筆記及磁片裡的小說要做何解釋？面對這些問題，他只是閉著眼，一貫保持沉默。不管同座的資深檢察官如何逼問，他就是不答。

然後，今天在偵訊途中發生了一件料想不到的事。

野野口修突然按住肚子，非常痛苦。看他痛不欲生的樣子，我甚至還以爲他偷藏毒藥，服毒自盡了。

他馬上被送到警察醫院，躺在床上休息。

上司把我叫去，告訴我一件令人意外的事。

他說野野口修好像罹患了癌症。

在他病倒後的隔天，我前往野野口修住的醫院。在探望他之前，我先去拜訪主治醫生。醫生說了，他的癌細胞已經轉移到包裹內臟的腹膜，情況十分危急，應該儘早動手術。我問他是復發嗎？結果醫生回答「算是吧」。

我之所以這樣問是有原因的。因爲調查結果顯示，野野口修也曾在兩年前因爲相同的病況，動刀切除掉部份的胃袋。因爲手術的關係，他向學校請了幾個月的長假。不過，同事當中好像沒人知道他因什麼病請假，知道內情的只有校長一人而已。

奇怪的是，直到被逮捕以前，野野口修都沒有去過醫院。他應該會自覺身體不適才對——這是醫生的看法。

動手術就會有救嗎？我試著進一步了解。結果一臉理智的醫生微偏著頭說道：「一半一半吧？」

在我聽來，情況似乎比想像的嚴重。

之後，我到病房探視野野口修，他住在單人套房。

「被逮捕的人不但沒有被關進監獄，還住在這麼好的地方快樂逍遙，讓我覺得怪不好意思的。」

野野口修揚起削瘦的臉，招呼著我。此人的容貌比起我先前所熟識的要老多了，只是因爲時光的流逝嗎？我不禁再度忖想。

「覺得怎麼樣？」

「嗯，也不能說有多好，不過對一個生病的人而言，這樣算不錯的了。」

野野口修暗示他已經知道自己罹患癌症的事實。既然是復發，他會知道也沒什麼好奇怪的。見我沉默不語，他自己反倒先問起來：「對了，我什麼時候會被起訴？你們如果動作太慢，恐怕還沒等到判決下來，我就翹辮子了。」

我聽不出來他是在開玩笑還是認眞的，不過他肯定對死已有某種程度的覺悟，才能說出這樣的話吧。

「還不能起訴，因爲資料尚未收集齊全。」

「爲什麼？我已經認罪了，證據也有了。只要起訴，一定會被判有罪，這樣不就好了嗎？放心，我絕對不會臨要宣判才突然推翻自己的供詞。」

「話不是這樣說，我們還沒查明犯罪的動機。」

「又提這個？」

「只要老師一天不講清楚，我們就會一直問下去。」

「根本沒有什麼動機不動機的。我不是跟你說過，這次犯罪全是因爲一時衝動？我衝動之下，一抓狂就把人殺了，就那麼簡單，沒有特別的理由。」

「所以，我想聽聽你抓狂的原因，沒有人會無緣無故生氣的。」

「因爲一點小事，應該說我覺得那是小事。說老實話，我自己也記不清楚當時怎會那麼生氣，大概是人家所謂的鬼上身吧？所以，就算我想要說明也說不清楚，這是眞的。」

「你覺得這種說法我會接受嗎？」

「你只能接受吧。」

我閉上嘴，盯住他的眼睛，結果他也毫不閃避地望著我，眼神充滿自信。

「關於在老師屋裡找到的筆記本和磁碟片，我想要再度請教您。」

我試著改變話題，而野野口修則露出一副煩死了的表情。

「那個跟案情一點關係都沒有，請你不要亂想。」

「如果眞是這樣，可否請你仔細說明那些到底是什麼？」

「什麼都不是。不過是筆記本，不過是磁碟片。」

「不過裡面卻是日高邦彥的小說。不，正確的說，應該說是酷似日高邦彥小說的作品，簡直就像是小說的草稿一樣。」

聽到我的話，他噗哧笑了出來。「所以我是日高背後的捉刀人？荒謬！你想太多了。」

「不過，這樣想有它的道理。」

「讓我告訴你一個更合理的答案吧！那是一種學習。想要成爲作家的人，各有其獨特的學習方法。像我，就是藉由抄寫日高的作品，以習得他的寫作風格和表現手法。這並非什麼特別的事，很多尚未成熟的作家都是這麼做的。」

他的解釋並未讓我感到意外，因爲日高邦彥的責任編輯也曾做過相同的推論。不過，那位編輯說了，這其中還是有三點値得商榷。其一，發現的原稿和日高邦彥的作品並非完全相同，兩者之間有些微的差異。其二，就算是一種學習好了，如此大量抄寫別人的作品是不正常的。其三，日高邦彥雖然是暢銷作家，但模仿他的文章並不代表就能讓自己寫得更好。

於是我提出這三點，試著質問野野口修，看他做何解釋。沒想到他連眼睛都不眨，馬上回答了我：「關於這些，我可以合乎邏輯地全部回答你。事實上，一開始我只是單純地抄寫而已，可是漸漸地我覺得光這樣做是不夠的。於是當我想到換成自己會怎麼寫、會怎麼表現的時候，我就試著把它寫下來。這樣你懂嗎？我一邊以日高的文章爲範本，一邊嘗試創作更好的東西，這才是我學習的目的。至於大量抄寫的問題，那只是代表我學習了很久。我單身，回家後也沒事可做，所以大可投注所有心力在寫作的練習上。最後，日高的文章好或不好，這是見仁見智的問題。我倒是很欣賞他的文筆，或許其中沒什麼深奧的技巧，卻是簡潔易懂的好文章。他能吸引這麼多的讀者，不就是最好的證明嗎？」

野野口修的這套說辭，確實有其道理。可是如果這些都是眞的，他爲什麼不早講清楚，我腦中浮起了這樣的疑惑。生病臥床以前，他一直三緘其口。莫非一直要等到他住進醫院，不再接受偵訊，才有空檔想出這樣的藉口？這是我的推理，不過，這會兒要證實這個已經十分困難。

不得已，我只好提出新發現的證據。那是在野野口修的抽屜裡找到的幾張便條，上面潦草寫著類似故事大綱的東西。從出場人物的姓名來看，我知道那與日高邦彥正在連載的《冰之扉》有關。不過，大綱寫的並非先前已經發表過的內容，怎麼看，都像是《冰之扉》的後續發展。

「你爲何要寫《冰之扉》的後續發展？你可以對此提出說明嗎？」

我問野野口修，結果他回答：「那對我來說也是一種練習。只要是讀者，不管是誰都會在不自覺的情況下，去揣想未來的劇情吧？而我只是稍微積極一點，把它具體化而已，這沒什麼好大驚小怪的。」

「你不是已經辭去教職，往專業作家的路途邁進了嗎？有必要再做這樣的練習？甚至犧牲自己的寫作時間？」

「請你不要出言諷刺，我還稱不上是專業作家，技巧更有待磨練。何況因爲根本沒有工作進來，所以我時間特多。」

野野口修的話依然無法說服我。或許是我的表情洩漏了這種想法，他看著我繼續說道：「你好像硬要把我當作日高的捉刀人，眞是太抬舉我了。我根本沒有那種本事，相反地，聽你這麼說，我心裡還想，如果這一切都是眞的該有多好。如果眞是如你所推理的，我肯定會大聲高喊：『那些作品全是我寫的，眞正的作者是野野口修！』可是很遺憾，那不是我寫的。我寫的東西，我當然會用自己的名義發表。我根本沒有必要借用日高的名字，你不覺得嗎？」

「我也是這麼想，所以才會覺得難以理解。」

「根本沒有什麼難以理解的。你只是推測偏了，才會導出奇怪的結論，你想得太複雜了。」

「我不這麼覺得。」

「拜託你就這麼想吧。我希望這個話題到此爲止，你們能儘早對我起訴。要用什麼動機我都無所謂，報告書上你愛怎麼寫就怎麼寫吧。」

野野口修一副已經豁出去的樣子。

走出病房後，我將剛才的對談反芻了一番。我左思右想，總覺得他的供詞有很多不合理的地方。不過，就像他所說的，我的推理確實也不夠周全。

如果他眞是日高邦彥的背後代筆，有什麼理由讓他非得這麼做呢？

是因爲日高邦彥已是暢銷作家，相較於一個新人，用他的名義出書會賣得比較好嗎？不過，日高還沒走紅之前的作品應該也是野野口修寫的，如果眞是這樣，他把它拿來當作自己的處女作發表不是也很好嗎？

因爲他同時擔任教職，所以想盡量不要公開自己的身分嗎？不，那就太奇怪了。就我所知，沒有老師是因爲以作家爲副業，而在學校混不下去的。況且，如果要野野口修二選一的話，他肯定會毫不猶豫地捨棄教師這個飯碗。

還有，就像他自己講的，如果他眞是影子作家，都到這個節骨眼了，他幹嘛還要否認？對他而言，「日高邦彥的影子作家」的頭銜肯定是光榮的。

這麼說來，野野口修眞的不是日高邦彥的捉刀人囉？而在他屋裡找到的筆記和磁片，就像他自己所供稱的，沒有多餘的意義？

不可能，我敢斷定。

對於野野口修這號人物，我多少有些認識。根據我的瞭解，他的自尊心非常強，對自己也很有自信。說他為了想成為作家而去抄寫誰的作品當作練習，根本是不可能的事。

回到總部後，我把和野野口修的對話呈報給上司。迫田警部從頭到尾都苦著一張臉，聽取我的報告。

「野野口為何要隱瞞他的殺人動機？」聽完報告後，上司問我。

「我不知道。連犯罪事實都承認了，卻遲遲不肯說出殺人動機，我想這其中必定藏有天大的祕密。」

「你還是認為那和日高的小說有關嗎？」

「我個人是這麼認為。」

「你說野野口修是真正的作者，不過他本人並不承認啊。」

很明顯地，警部不願再為這個案子多花時間。事實上，部分媒體不知從哪得知消息，已經找上搜查小組，詢問野野口修替日高邦彥捉刀的可能。當然，警方會盡量避免做出明確的回應。不過，也許最快明天一早就會看到報紙批露這項消息。如果真是那樣，打來詢問的電話定然教人應接不暇。

「他說是因為兩人吵架，一時抓狂就把對方殺了，可是如果連吵架的內容都查不清楚的話，我們是無法結案的。我甚至想，他不肯說出真正的動機也就算了，可否請他發揮作家的長才，給個適當說辭？不過，要是在開庭時被法官揪出語病，也夠嗆的了。」

「我想因為吵架而衝動殺死對方的供詞並不可信。野野口修是離開日高邦彥的家後，才又繞過庭院，從工作室的窗口侵入，可見在那時他已有了殺人意圖。恐怕在這之前，他和日高之間發生了什麼不愉快，致使他萌生具體的殺機？」

「那，之前他們談了些什麼？」

「野野口修的筆記裡，只寫了些無關痛癢的對話，不過我想他們談的應該和今後的寫作活動有關。」

日高邦彥就要搬去加拿大了，如果野野口修眞是他的背後捉刀人，那麼關於日後的工作，肯定有很多問題急待克服。或許在商量今後如何配合的當口，野野口修這邊起了不滿？

「也就是說，他們談的是繼續擔任影子作家的條件？」

「或許吧。」

有關野野口修的銀行帳戶，我們已經全面清查過了。直截了當地說，看不出日高邦彥有定期匯錢給他的跡象。然而，這個案子若能單純以金錢收受來作衡量的話，就好辦了。

「看來還是再調查一下日高和野野口的過去好了。」警部做出結論，我也表示贊同。

這天，我和另一位刑警，一起去拜訪日高理惠。她沒留在丈夫被殺害的家裡，搬回位於三鷹的娘家。自從野野口修被逮捕以來，這是警方與她的初次會面。上司那邊已經用電話和她談過逮捕野野口修的經過，不過，關於捉刀代寫的事，她應該還不知情，要是接到媒體的追問電話，她必定是一頭霧水。而我可以想像，她本人恐怕也有一堆問題想問我們。

我把事發的整個經過再對她簡單地說明一遍，然後提到從野野口修房裡找出的小說原稿，她果然是一副被嚇壞的樣子。

我試著問她，關於野野口持有的原稿和日高邦彥的小說內容酷似，她有什麼想法。

她回答，她一點都不知道。

「說外子從誰那裡盜取小說的創意，或是以他人的作品爲踏板，這是絕對不可能的事。因爲他爲了醞釀一本小說，總是絞盡腦汁、萬分辛苦，更別說是請人捉刀代寫了……這我怎樣都無法相信。」

日高理惠的語氣雖然平靜，眼底卻已浮現怒意。

不過，對於她的說法，我無法照單全收。她和日高邦彥結婚才一個月而已，對於他的一切，很難說全盤了解吧？

或許是察覺到我的想法，日高理惠繼續說道：「如果你以爲我們結婚的時間很短、相識不深，那就錯了，我也曾是外子書籍的責任編輯。」

關於這點，我們也確認過了。她曾經在某出版社工作，好像就是因爲這樣而結識了日高邦彥。

「當時我們兩人曾爲了下部作品，經歷了艱辛的討論。雖然最後我負責編輯出的長篇小說只有一本，可是如果沒有我們的討論，那部作品根本不會產生。所以和野野口先生相關什麼的，簡直是無稽之談。」

「那部作品叫什麼名字？」

「叫《螢火蟲》，去年出版的。」

我沒讀過那本小說，於是詢問同行的刑警對它是否有所瞭解。關於日高邦彥的小說，很多刑警都想辦法翻了一遍。

那位刑警的回答很清楚，且意味深長。他說野野口修的筆記及磁片裡，正好沒有與《螢火蟲》內容相符的稿子。

事實上，類似的作品還有很多。它們的共同特徵是，皆爲日高邦彥出道三年內的作品。而在此之後的作品，也有將近一半在野野口的屋子裡找不到相符的原稿。根據我的判斷，日高邦彥一方面請野野口修當捉刀人，一方面自己也從事創作吧。

所以，就算有像日高理惠講的「沒有我們的討論就不會產生」的作品，也不足爲奇。

我將問題的內容稍作改變，問她是否知道野野口修殺害日高邦彥的動機。

「關於這點，我一直在想，不過眞的想不出個所以然來。爲什麼野野口先生要對外子……。老實說，至今我還是無法相信那個人就是兇手，因爲他跟我們是那麼的親密，我從沒看過他倆打架或是吵架。我依舊以爲，肯定是哪裡弄錯了。」

從她的表情感覺不出她是在演戲。

告辭的時候，日高理惠送了我一本書。灰色的封面摻著金粉，是《螢火蟲》的單行本。或許她送我書，是希望我讀過後別再懷疑她老公的實力了？

當天晚上，我開始讀那本書。話說回來，之前我問野野口修在日高邦彥的著作裡，是否有推理小說之類的作品時，他提到的就是這本。我不知道其中是否有特殊的用意，不過再進一步思考，或許是他特地舉一本與自己無關的作品。

《螢火蟲》描寫的是一個老男人和他年輕妻子的故事。男的是位畫家，妻子原是他的模特兒。畫家一直懷疑妻子對他不忠，就這點來看，與一般通俗小說寫的並無二致。不過，事實上那位妻子是位雙重人格患者，而自從畫家得知這點之後，整個劇情急轉直下。妻子的其中一個分身有位年輕情人，兩人正計劃要謀殺畫家。不過，另外一個分身卻對畫家忠實，且打從心底愛他。畫家考慮著是否該將妻子送進醫院治療，就在此時，書桌上放了這麼一張便條：

「會被精神醫師殺死的是『她』，還是『我』？」

也就是說，治療過後，並不能保證被留下的是愛著畫家的那個分身。不用說，這張便條是惡魔妻子放的。

苦悶的畫家夜夜都夢見自己被殺害的情景：擁有天使臉孔的妻子對他展露微笑，接著臥室的窗戶開了，一個男人從外邊竄了進來。男人拿著刀子對他展開攻擊，忽然間，男人的形體變成了自己的妻子……他重複做著這樣的夢。

最後，他的生命果眞受到威脅。在正當防衛的情況下，畫家把妻子刺死了。然而，此後他卻有了新的煩惱。在妻子被殺的前一刻，她好像剛變換了人格，他不知自己殺死的是天使，還是魔鬼？這成爲永遠的謎。

以上是我的大略整理。或許閱讀能力強的人來看，會有更特別、更高竿的解釋。譬如說男性日漸衰退的性慾啦、或是潛藏在藝術家體內的醜惡心機什麼的，這些恐怕要深入體會才行。不過，國文一向很菜的我，既不懂分章斷句，又看不出表現手法的好壞。

這樣說對日高理惠是抱歉了點，不過，「不太有趣」卻是我對這本書的眞實想法。

在此，我們來比較一下日高與野野口兩人的簡歷。

日高邦彥讀的是某私立大學的附屬高中，然後直升進入文學院的哲學系就讀。大學畢業後，他陸續在廣告公司、出版社待過，這期間他以一篇短篇小說獲得新人獎的肯定，自此展開了寫作生涯，那大約是十年前的事了。剛開始寫作的前三年，他的書賣得並不好，不過，第四年的時候，一本《死火》使他勇奪文學創作的大獎，此後他便一步步朝人氣作家的路途邁進。

相對的，野野口修就讀和日高不同的私立高中，經過一次落榜，他也考上了某國立大學的文學院，專攻國文。大學時，他選修了教育學分，於是畢業後就在公立國中任教，直至今年辭職爲止，這期間他總共待過三所學校，我和他同執教鞭的那所，是他教過的第二所學校。

野野口修以作家身分出道是在三年之前，他替一本半年刊的兒童雜誌撰寫長約三十頁的小說。但他未曾發行過小說單行本。

根據野野口修的說法，各自走上不同道路的兩人於七年前再度會面。當時他在某本小說雜誌上無意中看到日高的名字，於是想念之餘就去探訪他了。

關於這點我持保留的看法。就像先前所講的，他們兩人碰面後，大約經過一年的時間，日高邦彥就得了文學大獎。不過，得獎的那本《死火》卻是最早與野野口稿子內容一致的作品。與野野口的相遇替日高帶來了好運，這種推測應不算空穴來風。

我前往出版《死火》的出版社，詢問當年負責的編輯。那位編輯名叫三村，是位謙遜的中年人，現在已榮升小說雜誌的總編了。

我的問題只有一個重點，旨在釐清日高邦彥當時寫出的這部作品，是在他一直以來的實力範圍之內呢？還是從天而降的難得佳作？

聽我這麼一問，三村先生先不回答問題，反倒問我：「您是針對最近流傳的影子作家傳聞做蒐證嗎？」

他顯得有點神經兮兮，這點我可以理解。對他們編輯而言，日高邦彥雖已亡故，卻還是不能詆毀他的名聲。

「既然說是傳聞，那就表示是沒有根據的事，我只是想做個確認而已。」

「如果毫無根據的話，我不相信你會提出這種古怪的問題。」

三村一語將我戳破，接著回答道：「就結論來說，《死火》對日高先生而言，確實是他寫作的分水嶺。也有人說，因爲那部作品，日高脫了層皮、蛻變了。」

「這麼說來，它比之前的作品都要好上很多囉？」

「嗯，是可以這樣說啦。不過，對我而言，那並不是多意外的事，因爲那個人本來就是個很有實力的作家。只不過，他之前的作品太粗糙了，讓讀者挑出很多毛病。也有人說，他的理念傳達得不是很清楚，這點在《死火》一書中就處理得很好，你讀過了嗎？」

「讀過了，很精采的故事。」

「是吧？我至今依然覺得那是日高的最好作品。」

《死火》講的是個普通上班族到外地出差看到美麗煙火的故事。男子受到感召，立志成爲煙火師傅，故事本身就很有趣，特別是關於煙火的描寫更是精采。

「那本書是一氣呵成的吧，沒經過連載什麼的。」

「是的。」

「日高先生在動筆之前，有先和你們討論過嗎？」

「那是當然，不論何時，和哪個作家配合都是這樣。」

「那時，您和日高先生談了些什麼？」

「首先是內容、書名、情節啦，再來則是討論人物的性格等等。」

「是你們兩個一起想的嗎？」

「不，基本上日高先生都已經想好了。那是一定的，因爲他是作家嘛。我們只是聽取作家的故事，陳述自己的意見而已。」

「例如將主角設定爲煙火師傅，這也是日高先生自己的創見嗎？」

「當然。」

「那你聽了以後作何感想？」

「感想，什麼意思？」

「你沒想說那確實是日高先生才有的創意嗎？」

「我沒特意想到這個。不過，我一點也不意外，因爲寫煙火師傅的作家並不在少數。」

「有沒有哪些部分，是因爲三村先生您的建議才修改的呢？」

「那部分占的並不多。我們看過完成的稿子，發現哪裡有問題才提出來，至於要怎樣修改則是作家的事。」

「最後一個問題，如果日高先生拿別人的作品，用自己的語彙、自己的表現手法將它改寫，然後讓你來讀，你會分辨的出那是別人的作品嗎？」

三村想了一下後回答：「老實說，我分辨不出。因爲要判斷是不是某位作家的作品，藉助的就是詞彙的運用以及表現的手法。」

然而，他不忘補充說道：「可是，刑警先生，《死火》肯定是日高本人的作品。在他寫作期間，我曾見過他好幾次，他總是非常苦惱，至今依然還有破解不了的難題。如果是以他人的小說爲草稿的話，應該就不用那麼辛苦了。」

對於這個，我不敢再說什麼，只道了謝就起身了。不過，在我腦裡卻出現相反的論調。

我心想，痛苦的時候要假裝快樂是很困難，但快樂的時候要假裝痛苦卻還好辦。

我的影子作家假說並未受到動搖。

犯罪的潛在因素往往是女人，這句話耳熟能詳。不過，針對這起案件，警方卻不怎麼深入調查野野口修的男女交往情形。不知爲什麼，偵查小組之間似乎產生一種共識，認爲野野口修和這種事扯不上邊。或許是野野口本人的形象，讓我們產生了這樣的錯覺。雖然他長得不是特別醜，但卻很難想像跟他在一起的女性會是什麼樣子。

然而，我們看走眼了。即使是他，似乎也有交往密切的女性。再度前往野野口修住處調查的搜查人員，發現了這條線索。

他們找出了三件證據，其中之一是一條圍裙。格子花紋，很明顯是依女性喜好所設計的，它放在野野口修的櫥櫃抽屜裡，看得出是洗過、燙好後才收起來的。

偶爾到這屋裡來的那名女士，在幫他整理家務時所使用的？警方如此猜測。

第二件是一條金項鍊，連著禮盒用包裝紙包著，是世界聞名的珠寶品牌，令人一看就覺得像是要送給誰的禮物。

第三件是旅遊申請表，它被折得小小的，和包裝好的項鍊一起放進珠寶箱裡。申請書是某旅行社的固定表格，其上的內容顯示野野口修曾經計劃前往沖繩旅遊。申請的日期是七年前的五月十日，預計出發日是七月三十日，可見當時打算利用暑假去玩。

問題出現在參加者欄位所填的姓名。和野野口修並列的名字是野野口初子，年齡二十九歲。我們馬上針對這名女性展開全面調查，結論是這名女性並不存在。正確說來，在野野口修的親戚或家人裡，根本沒有這號人物。合理的推測是，他和某名女子假扮夫婦，打算相偕去旅行。

由這三樣證據我們可以推斷，至少在七年前，野野口修有一名可以稱之爲戀人的對象。姑且不論現在他和這名對象的關係怎樣，就他本身而言，他應該還對這名女子念念不忘。要不然，他不會鄭重地把兩人的紀念品收藏起來。

我向上司報備將對這名女子展開調查。我不確定她是否和這起案件有關，不過說起七年前，正好是日高邦彥發表《死火》的前一年，當時野野口修是怎樣的景況，應該見過這名女子就能知道吧。

首先，我試著去問野野口本人。面對撐坐在病床上的他，我說了發現圍裙、項鍊還有旅遊申請表的事。

「我想問你，那件圍裙是誰的？那條項鍊你打算送誰？還有，你計劃和誰去沖繩旅行？」

面對這個話題，野野口修一改常態，表現出拒絕討論的態度，他明顯地驚慌失措。

「這些事和這次的案件有何關聯？沒錯，我是個殺人犯，必須接受法律的制裁，可是難道連不相干的個人隱私都必須公諸於世嗎？」

「我沒說要公諸於世，你只要告訴我一個人就夠了。如果調查的結果發現這些真的與案情無關，我絕對不會再來問你，當然也不會對媒體發表。還有，我向你保證，我不會造成那名女士的困擾。」

「這和案情無關，我說了就不會錯。」

「如果真是這樣，你就爽快一點告訴我，老師您現在的態度，只會讓警方更加猜疑而已。而警方更加猜疑代表著我們會更徹底地調查，經由我們的徹底調查，很多事情都能真相大白。不過，一旦警方出動，事情在媒體前曝光的機率也高了，這也是您不願見到的吧？」

然而，野野口修並不打算說出那名女子的名字，他反過來向我質問搜查的作法。

「總而言之，你們不要再到我的屋裡亂翻了，那裡面還有人家寄放在我這裡的重要書本。」

按照醫生的囑咐，會客時間是有限制的，於是我也只好離開了病房。

不過，這趟並沒有白來。我有把握，只要查明神祕女子的身分，肯定對釐清案情會有幫助。只不過，要從何查起呢？我先向野野口家附近的鄰居打聽，詢問是否看過女性從他屋裡進出，或是聽到屋內傳來女性的聲音。只要一被問到男女關係，就算口風一向很緊的人，也會出乎意料地積極提供情報給你。

但是這種探訪一無所得，就連住在野野口左側，按理說經常在家的家庭主婦也說，她沒見過女性訪客到野野口家裡。

「就算不是最近的也行，難道幾年前也沒看過嗎？」

因爲聽說這位太太已經在這裡住了十年了，所以我才這樣問她。她和野野口是同一時期搬進來的，應該有機會看過他的情人才對。

「如果是更早以前，或許有吧，可是我不太記得了。」她回答道。這或許是最合理的答案。

我試著重新徹查野野口修的交遊範圍，連他今年三月才離職的那所國中也去了。不過，有關他私生活的領域，知道的人眞是少之又少。從以前他就不太和人來往，而自從生病以後，更是從未在校外和學校裡的人碰過面。

沒辦法，我只好前往野野口修更早之前待過的那所學校。七年前，他打算和情人一起去旅行時，應該就在那所國中教書。不過，老實講我不太想去，因爲那也曾是我執教鞭的地方。

我計算好下課的時間，往那所學校走去。記憶中的三棟老舊校舍，已經有兩棟翻新。若說有什麼改變的話，也僅止於此。操場上足球隊正練習著，與十年前的光景一模一樣。

我提不出勇氣走進校門，只好站在外面看著放學的學生從我面前走過，突然，我發現人群裡有一張熟識的面孔。那是一名叫刀根的英語老師，大概大我七、八屆吧。我追上去，叫住了她。她好像記起了我的臉，驚訝地笑著。

我和她寒暄了起來，形式化地詢問她的近況。之後，我直接挑明想問她有關野野口老師的事。刀根老師好像馬上就聯想到最近引發話題的人氣作家遇害案件，表情嚴肅地答應了我。

我倆走進附近的咖啡店，這家店以前還沒有。

「關於那件事，我們也很驚訝，想不到野野口老師竟然會是殺人犯。」接著她以興奮的語氣補充道：「而你加賀老師竟然還是案件的偵辦人，眞是太巧了。」

「拜這巧合所賜，我成了最辛苦的人。」聽到我說的話，她點了點頭，好像深表認同。

我趕緊進入正題。第一個問題問她：知不知道野野口修有無特定的交往對象？

「這個問題可難了。」這是刀根老師的第一反應。

「以我女性的直覺來說，應該沒有。」

「是嗎？」

「不過所謂的女性直覺，只是光憑印象去做猜測，偶爾也會有相差十萬八千里的情形，所以我想把一些基本資訊也告訴你會比較好。野野口老師曾相過很多次親，這你知道嗎？」

「不，我不知道。」

「他相親的次數還蠻頻繁的，有些應該是當時的校長介紹的，所以我才想他沒有女朋友。」

「那是幾年前的事了？」

「就在野野口老師離開我們學校前不久，應該是五、六年前吧。」

「那這之前怎樣？他也是頻繁地相親嗎？」

「這個啊，我記不太清楚。我問問其他老師好了，當時的那些老師大都還留在學校裡。」

「拜託你了，多謝幫忙。」

刀根老師拿出電子記事簿，輸入待辦事項。

接著我提出第二個問題：關於野野口修和日高邦彥的關係，她是否得知一二？

「對喔，那時你已經離開學校了。」

「『那時』是什麼時候？」

「日高邦彥得到某新人獎的時候。」

「那後來怎樣？我連重要的文學大獎都很少去注意。」

「我也是，平常我根本不知有這麼個新人獎存在。不過，那時很不一樣，野野口老師特地把發表新人獎的雜誌帶來學校，讓大家輪流翻閱。他說這個人是我的同班同學，興奮得不得了。」

這件事我沒有印象，應該是我離職後才發生的。

「這麼說那時野野口老師和日高邦彥就有來往囉？」

「我不太記得，不過我想那時應該還沒有吧？可能是過了一段時間之後，他們倆才再度碰面的。」

「您說過了一段時間之後，是指兩、三年以後嗎？」

「應該是吧。」

這與野野口修自己所說，是在七年前拜訪日高邦彥，而重新展開交往的說法不謀而合。

「對於日高邦彥，野野口老師怎麼說？」

「怎麼說是什麼意思？」

「什麼都行，不管是對他的人品或是對他的作品。」

「我不記得他對日高本人說過些什麼，倒是對於作品的部分比較常批評。」

「你是說他不太欣賞他的作品吧？他都是怎麼說的？」

「細節我忘記了，不過大體都是相同的意思，什麼曲解文學的含意啦、不會描寫人性啦、俗不可耐之類的，就是這樣。」

我心想這和野野口修本人的說法倒是大相庭逕。他還說自己抄寫這種作品，將它當成學習的範本！

「即使瞧不起，他還是讀了日高邦彥的書，甚至跑去找他？」

「話是沒錯，或許那是出於一種文人相輕的心理。」

「什麼意思？」

「野野口老師也是一心想成爲作家，看到童年的故友超越自己，難免會覺得心慌。可是他又不能當作沒這回事，所以還是讀了對方的書，這樣他才有資格說那是什麼東西、自己寫的要比它有趣多了。」

這也不無可能。

「日高邦彥因《死火》獲得文學大獎的時候，野野口老師的表現怎樣？」

「我很想說他嫉妒得快要發狂，不過看來好像不是這樣。相反地，他還到處跟人炫耀呢。」

這句話本身可以做出各種解釋。

雖然沒有查出與野野口修交往的女性是誰，不過這番談話依然頗具參考價值，我向刀根老師道謝。

確認案情的調查工作告一段落後，刀根老師問我對於現在這份工作的感想以及當初轉業的心路歷程，我撿一些無關痛癢的事情告訴她。這是我最不願談的話題之一，她大概也察覺到了，沒有苦苦追問下去。只是，最後她說了一句：「現在，校園暴力事件還是層出不窮。」

應該是吧，我回答道。只要提到校園暴力，我就會變得敏感，因爲我的腦海裡總忘不了過去的失敗。

走出咖啡店，我告別了刀根老師。

在我和刀根老師會面的隔天，我們找到了一張照片。發現者是牧村刑警，那天我和他再度前往野野口修的房子展開調查。

不消說，我們的目的是想要查出與野野口修有特殊關係的女性是誰。圍裙、項鍊、旅遊申請表——現在我們手中有這三樣證據，應該會有更關鍵性的物品才對。

或許會有那個女人的照片，我們滿心期待著。既然他連紀念品都鄭重地收藏，不可能不隨身放著對方的照片。不過，一開始我們確實找不到那種東西。就連厚厚的相冊裡，也看不到湊得起來的人物影像，眞是太不尋常了。

「爲什麼野野口手邊不留女人的照片呢？」我停下翻找的動作，詢問牧村刑警的意見。

「應該是他沒有吧？若他倆曾經一起旅行，才會有拍照的機會，要不然要拿到對方的照片可沒那麼簡單。」

「是這樣嗎？連旅遊申請表都好好收著的男人，竟然連一張對方的相片都沒有，有可能嗎？」

既然有圍裙，就表示那個女的經常到這裡來，那時應該就會拍照了吧？野野口修有一台能夠自動對焦的相機。

「你是說應該會有照片，只是不知道藏去哪兒了？」

「是這樣吧。不過，他幹嘛藏起來？野野口被逮捕以前，應該不會想到警方會來搜他的屋子。」

「我不知道。」

我環顧了一下房子各處，突然腦中靈光一閃。我想起日前野野口修講過的一段話：你們不要再到我的屋裡亂翻了，那裡面還有人家寄放在我這裡的重要書籍。

我站在一整面書牆前，從頭開始，按照順序找起。我猜想這裡面應該有野野口所說的，不願別人碰觸的重要書籍。

我和牧村刑警分工合作，一本一本仔細查看，確認裡面是否夾藏著照片、信，或便條紙之類的東西。

這樣的工作持續了兩個小時以上。不愧是靠文字吃飯的傢伙，他的書眞不是普通多，我們週遭堆起的書就好像比薩斜塔一樣歪斜著。

我心想，會不會是我們想偏了，就算野野口修眞的把照片或什麼資料藏起來好了，他應該不會藏得連自己要找都很困難。照理說，應該是隨時可以拿出來，也可以隨時收好才對。

聽完我說的話，牧村刑警坐到放有文字處理機的書桌前，試著揣摩野野口修的工作情景。

「工作做到一半，突然想起那個女的，這時她的照片如果擺在這裡就好了。」他所說的位置就在文字處理機的旁邊，當然，那裡並未放有任何類似相片的東西。

「不會被別人發覺，又是伸手可即的地方。」牧村刑警配合我的指令開始尋找，終於他的眼光落在厚厚的《廣辭苑》上。後來他自述之所以注意到它的原因，是因爲「書頁之間露出幾張書籤的紙角。我心想這也難怪，因爲查字典的時候，偶爾會同時對照好幾個地方。然後，我突然想起高中時代，有些朋友讀書的時候會把偶像明星的照片當作書籤夾在書裡……」。

果眞教他的直覺猜中了，那本《廣辭苑》裡總共夾了五張書籤，而其中一張是年輕女性的照片。那張照片好像是在哪邊的休息站拍的，女子身著格子襯衫、白色長裙。

我們馬上對該名女子的眞實身分展開調查，不過並未花上多少時間，因爲日高理惠知道這個人。

照片中的女子名叫日高初美，是日高邦彥的前妻。

「初美小姐的娘家姓篠田，我聽說她在十二年前和外子結婚，應該是五年前吧，她因交通意外亡故。我沒親眼見過她，我當外子的編輯時，她已經去世了。不過，我看過家裡的相簿，所以認得她。是的，我想這張照片中的女性是初美小姐沒錯。」如今已成未亡人的日高理惠看著我們拿來的照片，這樣說道。

「可以讓我們看一下那本相簿嗎？」

聽我這麼一說，日高理惠抱歉似的搖了搖頭。「現在已經不在這裡了。我們結婚的時候，包括那本相簿，還有初美所有的東西，幾乎都教我先生給送回了初美娘家。或許寄去加拿大的行李裡，還能找出一、兩件這樣的東西，不過我實在不確定。反正不久那些行李又會被退回來，到時我再找看看好了。」

可見日高邦彥對新太太還蠻體貼的，這樣解釋應該沒錯吧？結果，被問及這點的日高理惠並不怎麼愉快地說道：「或許外子是體貼我，不過我個人對於他保留初美的東西，並不怎麼排斥，因爲我覺得那是很正常的事。只不過，我幾乎很少從外子口中聽到初美的事情，或許是因爲談論她會讓他感到痛苦吧？所以連我也不太敢提這個話題，這並非出於嫉妒，只是覺得沒必要罷了。」

感覺上，她講這番話時好像極力壓抑自己的感情。對於她的說法，我並未照單全收，總覺得有一半不是眞心的。

反倒是她相當好奇，爲何我們持有她丈夫前妻的照片。她問我們這和案情有關嗎？

「是否有關目前還不清楚，只不過這張照片是在很奇怪的地方找到的，所以我們就順便調查了一下。」

如此模稜兩可的回答當然無法滿足她的好奇心。

「你所說的奇怪地方是哪裡？」

當然我不可能告訴她是在野野口修的房裡。

「這個還不方便透露，對不起。」

不過，她好像運用女性特有的直覺自行推理了起來。結果她露出「不會吧」的神情，接著說：「我想起替丈夫守靈的那個晚上，野野口先生問了我一個很奇怪的問題。」

「什麼問題？」

「他問我錄影帶放在哪裡？」

「錄影帶？」

「一開始我以爲他問的是外子收集的電影影片，後來才知道不是這個，他說的好像是採訪時所拍的帶子。」

「你先生採訪的時候會用到錄影機嗎？」

「嗯，特別是採訪動態的事物，他一定會帶錄影機。」

「你是說野野口問帶子在哪裡對吧？」

「是的。」

「那你怎麼回答他？」

「我說好像已經送去加拿大了。因爲和工作有關的東西，全是外子負責打包的，所以我不太清楚。」

「結果野野口怎麼說？」

「他說行李寄回時，請讓他知道。他解釋說，有一卷工作要用的帶子寄放在日高那裡。」

「他沒有說裡面拍的是什麼嗎？」

回答「是」之後，日高理惠試探地看著我說：「或許某人在裡面也說不定。」

某人？她是指日高初美吧？不過，我並未加以評論，只請她行李從加拿大寄回時能通知我們一聲。

「野野口還曾經和你講過什麼讓妳印象深刻的話嗎？」說這句話時，我並沒有多大的期待，只是形式性地問一下。

沒想到日高理惠稍微遲疑地回答：「老實講，還有一件事。」

「這是更早之前的事了，野野口先生曾提到初美小姐。」

我有些驚訝。「他提到些什麼？」

「有關初美小姐死亡的那起意外。」

「他怎麼說？」

日高理惠有片刻的猶豫，接著她好像下定了決心：「他不認為那是單純的意外，野野口先生是這麼說的。」

這句證詞引起我的關注，我拜託她再說清楚一點。

「沒有什麼更清楚的，他就只有這樣說而已。當時我先生剛好離開座位，很難得只剩我們兩個獨處，我已記不得他爲何會提到這個，只是這句話讓我一直忘不了。」

這句話確實讓人印象深刻。

「如果不是意外，那又是什麼？當時他說明了嗎？」

「嗯，這點我也問了，我問他那是什麼意思。結果野野口先生好像話一說完就後悔了，他要我忘了剛剛他所講的，也要我不要告訴日高。」

「結果你怎麼做？你有跟你先生說嗎？」

「沒有，我沒說。剛才我也提過，我們總是避談初美的事，況且這種問題也不好隨便問。」

日高理惠那天的判斷應該沒錯吧？

爲了保險起見，我們拿了相片給熟識日高初美的人確認。譬如經常在日高家出入的編輯或是住在附近的人，結果大家都說相片的主角確實是初美沒錯。

問題來了，野野口修爲何會有日高初美的照片？

光憑這個還不足以做出任何的結論吧？把圍裙放在野野口的房裡、從他那裡獲得項鍊的禮物、曾經打算和他共赴沖繩的女子會是日高初美嗎？那時她已是名作家日高邦彥的妻子，所以他們倆算是外遇了。野野口修與日高邦彥再度相遇是在七年前，而日高初美是在五年前去世的，他們倆確實有充分的時間可以培養感情。此外，在野野口修的房裡找出的旅遊申請表上，上面寫的名字其中一人叫做野野口初子，會不會是初美的化名呢？

這些或許是我個人的看法，不過我覺得它們絕對不可能和這次事件毫無瓜葛，而野野口修死都不肯透露的犯罪動機肯定也與這有關吧。

我打心裡認定，野野口修幫日高邦彥捉刀的事絕對沒錯，因爲很多證據都指向這種情況。只是，爲何他會甘於接受這樣的待遇呢？這點我怎麼都想不通。根據警方手邊掌握的資料顯示，野野口未曾從日高那邊拿過什麼好處。此外，從最近與編輯訪談的過程中，我也得知作家是不可能出售自己的作品的，比起錢，世人的肯定要重要得多。

或許野野口有很大的把柄落在日高的手裡？如果眞是這樣，那會是什麼？

這時我不得不想到他與日高初美的關係。當然，因爲這樣就推論日高邦彥發現了姦情，以默許爲條件，要脅野野口修幫自己代寫作品，未免太過牽強。畢竟，初美死後野野口依然持續提供日高作品，這要作何解釋？

不管怎樣，有必要查明野野口修與這兩人的關係。可惜的是他倆都已過世，沒辦法當面問個清楚。

正當我這麼想的時候，日高理惠的話突然竄入腦海。她說野野口修認爲初美的死並非單純的意外。他說這句話是安著什麼心？如果不是意外的話，又會是什麼？

我著手調查那起交通事故。檔案資料顯示，日高初美死於五年前的三月，深夜十一時左右，在前往便利商店購物的途中慘遭卡車輾斃。事故現場剛好是彎道，視線不良，再加上當時又下著雨，而她打算穿越馬路的地方，並未畫上斑馬線。

警方最後得到的結論是，這起意外肇因於卡車司機的疏忽。對於一造是車子、一造是行人的交通事故而言，是非常合理的判決。不過，根據記錄顯示，司機本身好像並不承認那是自己的過失，他堅持是日高初美自己突然從馬路上衝出來。如果這是眞的，找不到現場目擊者的駕駛可算是倒楣了。不過，這份供詞是不足採信的，因爲處理交通事故的警察都知道，幾乎所有撞死人的駕駛一開始都會推說是行人的錯。

不過，我試著站在假設的角度去想，如果那名司機的說法是正確的，如果眞如野野口修所言並非單純的事故，那只剩下兩種可能：自殺或是他殺。

如果是他殺的話，表示有人把她推了出去，眞要是這樣，犯人必定也會出現在現場。而且要等卡車到面前了，再把人推出去，然而若是這樣，司機沒看到兇手就奇怪了。

所以唯一的可能就是自殺，也就是說野野口修不認爲日高初美的死是出於意外，他認爲她是自殺死的。

爲何他會這麼認爲呢？難道掌握了什麼確實的證據？譬如說寄到他家的遺書什麼的。野野口修應該知道日高初美自殺的動機吧？而那個動機是不是和他們的戀情有關？

我心想，她的不貞最終還是教丈夫發現了，爲了不想承受被拋棄的命運，她悲觀地選擇了死亡？如果眞是這樣，那她和野野口之間只能算是玩玩而已。

看來，無論如何都必須針對日高初美進行調查。得到上級的批准後，我和牧村刑警連袂拜訪她生前的娘家。

篠田家位於橫濱的金澤區，是一棟座落於高地上，院落扶疏的雅致日式建築。

初美的雙親都還建在，不過這天她父親好像有事外出了，只剩母親篠田弓江招待我們，她是一位嬌小、氣質高雅的婦人。

對於我們的造訪，她好像並不驚訝。得知日高邦彥被殺的消息後，她就有預感警察遲早會找上門來，反倒是我們這麼晚才來，讓她頗爲意外。

「從事那種工作的人，性情難免有些古怪。特別是工作遇到瓶頸的時候，他就會發神經，初美是這樣抱怨過。不過，平常沒事的時候，他倒是個體貼的好丈夫。」

這是丈母娘對日高邦彥的評語。她說的是眞話？還是檯面話？我無法判定。對於上了年紀的人，特別是女人，我總是讀不出她們的眞正想法。

據她說，篠田初美和日高邦彥是在兩人工作的小廣告公司認識的。我們這邊也已經確認過，日高大概在那家公司待了兩年。

交往中，日高轉往出版社工作，不久兩人就結婚了。很快的，他榮獲新人獎，成爲眞正的作家。

「一開始我家那口子也在擔心，把初美交給一個常換工作的人，不知好還是不好。不過老天保佑，那孩子好像不曾為錢傷過腦筋。後來邦彥成了暢銷作家，我們正高興再也不用操心了，沒想到初美卻發生了那樣的事……人死了就什麼都完了。」

篠田弓江的眼睛顯得有些濕潤，不過她強忍淚水，沒在我們面前哭出來。經過五年，她似乎比較能夠控制自己的情緒了。

「聽說她是去買東西的途中發生了意外？」我不經意地問起事故發生的細節。

「嗯，事後邦彥告訴我，那天她打算做三明治當消夜，卻發現吐司沒了，才出門去買。」

「我聽說卡車司機一直堅持是初美小姐自己衝出來的。」

「好像是這樣。不過，初美從來就不是那麼毛躁的孩子。只是當晚視線不良，她又橫越連斑馬線都沒有的道路，難免會有疏忽，我想她那時可能比較心急吧。」

「那時候他們夫妻的感情怎樣？」

我的問題讓篠田弓江顯得有些意外。

「沒有特別不好啊，這有什麼關係？」

「不，我沒特別的意思。只是出車禍的人很多都是因為有心事，想著想著才會發生了意外，我在想會不會有這樣的情況。」我試著自圓其說。

「這樣啊？不過就我所知，他們的感情真的很好。只是邦彥忙著工作的時候，初美有時會覺得有點寂寞。」

「是嗎？」

我在想，這個「有點寂寞」會不會就是問題所在，不過我當場沒講出來。

「意外發生之前，您和初美小姐常見面嗎？」

「不，就算邦彥的工作有空檔，他們也很少回來，通常都是打電話來問候。」

「光就聲音聽來，您沒察覺什麼不對勁吧？」

「嗯。」

初美的母親點了點頭，不過看她的表情，好像不懂爲何警察要問五年前的事。她不放心地問道：「邦彥被殺的事情和初美有關嗎？」

「應該沒關係吧，」我回答。我跟她解釋，從事警察這行，凡是見到跟案情有關的人都要一一調查，否則就會覺得不舒服，即使是過世的人也一樣。初美的母親好像稍微了解，但又持保留的態度。

「您有沒有聽初美提過野野口修的事？」我觸及問題的核心。

「我是有聽說這個人在她家裡進出，說是邦彥的兒時玩伴，想要成爲作家。」

「她還說了些什麼？」

「呀，這已經很久了，我不太記得了，不過她不常提起這個人。」

那是當然，哪有人會和母親談論自己的外遇對象？

「我聽說初美小姐的遺物幾乎都放在這裡，可否讓我們看一下？」聽我這麼一說，初美的母親果然露出疑惑的神情。

「雖說是遺物，不過裡面沒什麼重要的東西。」

「什麼都行，我們只是要徹底檢查是否有和日高邦彥或嫌犯相關的物品。」

「就算你這麼說……」

「譬如說她有沒有寫日記的習慣？」

「沒有那種東西。」

「相簿呢？」

「那就有。」

「可不可以借我們一看？」

「那裡面全是邦彥和初美的照片。」

「沒關係，有沒有參考價值由我們自行判斷。」

她一定覺得這個刑警講的話眞是奇怪，如果我能告訴她初美和野野口修可能有關係就好了，不過上級並未允許我這麼做。

雖然一頭霧水，初美的母親還是進入房裡，拿了相簿出來。雖說是相簿，卻不是襯著硬皮、豪華漂亮的那種，只是貼著照片的幾本薄冊子，一起收放在盒子裡。

我和牧村刑警一本一本地翻開著，照片裡的女性確實和在野野口房裡找出的照片主角是同一人。

大部分的照片都有標上日期，所以要在其中找出她和野野口修有交集的部分並不困難。我飛快地翻看，想要發現任何能暗示日高初美與野野口關係的證據。

終於，牧村刑警發現了一張照片，他默默地指給我看，我馬上明白他為什麼會特別注意它。

我拜託篠田弓江暫時把相本借給我們，她雖然很訝異但還是答應了。

「初美還有留下什麼遺物嗎？」

「剩下的就是衣服，還有飾品、皮包之類的小東西。邦彥已經再婚了，這些還留在身邊也不太好。」

「有沒有書信？譬如說信紙或明信片什麼的？」

「那種東西應該沒有，不過我再仔細找找看好了。」

「那錄影帶呢？大約像錄音帶那樣的大小？」

從日高理惠處得知，日高邦彥採訪用的錄影機是手提的Ｖ８。

「嗯，應該也沒有吧。」

「那可否請你告訴我們初美生前和哪些人的感情比較好？」

「初美嘛……」

她好像一時也想不起來，結果她說了聲「失陪一下」，再度進到房內，出來時手上已經拿了一本薄薄的冊子。

「這是我們家的電話簿，裡面有一、兩個初美的好朋友。」

於是她從電話簿裡挑出三個名字，其中兩個是初美學生時代的朋友，另一個則是廣告公司的同事。三人皆是女性，我們把她們的姓名以及聯絡住址全抄了下來。

我們馬上針對這三名友人展開訪談。學生時代的兩位朋友好像自日高初美結婚以來，就很少聯絡了。不過曾在同一家公司待過的長野靜子，據說在初美發生意外的幾天前，還跟她通過電話，足以證明倆人的感情不錯。以下是長野靜子的證詞：

「我想初美一開始並不怎麼在意日高先生，不過在日高先生強烈的攻勢下，初美總算動了心。日高那個人在工作的時候比較強勢，而初美則比較內斂，不太表達自己的情感。當日高向她求婚的時候，她也曾猶豫過，不過後來好像被日高先生說服了。可是，她並沒有後悔結婚，婚後看來十分幸福。只不過，日高成爲作家後，她的生活型態似乎改變不少，所以她總顯得有點疲倦。我很少聽她抱怨日高。

意外發生之前嗎？也沒什麼特別的事，我只是想聽聽她的聲音，所以就打電話給她了。她和平常沒什麼兩樣，談話的細節我已經記不得了，大概是購物或聚餐之類的事吧。電話裡講的不都是這些？聽到她發生意外，我簡直嚇呆了，眼淚都流不出來。從守靈到葬禮結束，我都在旁邊幫忙。日高嗎？像他那樣的男人是不會在別人面前失態的，不過我看得出來他非常落寞。自那之後已經過了五年，但感覺就好像昨天才剛發生一樣。你說誰？野野口修？就是那個犯人嗎？他有沒有來參加葬禮？我不記得了，因爲當時弔唁的賓客實在太多了。話說回來，刑警先生，你們爲何還要調查初美的事，難道那跟案情有關嗎？」

拜訪日高初美的娘家後又過了兩天，我和牧村刑警再度前往野野口修住的那家醫院。按照慣例，我們先找主治醫生談談。

醫生頗爲苦惱，說手術都已經安排好了，但病人本身好像缺乏手術意願。野野口的說法是，他很清楚動手術對病情沒多少幫助，既然如此，就讓他多活一天算一天好了。

「有可能因爲動手術而縮短他的壽命嗎？」我向主治醫生問道。

醫生回答「這種事也不是毫無可能」。不過，他覺得動手術有一定的價值，值得賭一賭。

我把這些話放在心裡，和牧村進入野野口的病房。野野口坐起上半身，正讀著文庫本書籍（註）。身體雖然很瘦，但臉色不差。

「好幾天沒見了，我正想發生了什麼事？」

他的語氣一如往常，不過一聽聲音就知道中氣不足。

「我又找出一個問題來問你了。」

野野口修做出深受打擊的表情。「又來了。沒想到你是打不死的金剛，或者只要是刑警，全都是這副德性？」

我不理會他的譏諷，把帶來的照片遞到他的面前。不用多說，是那張夾在《廣辭苑》裡的日高初美的獨照。

「這張照片是在你的屋裡找到的。」

野野口修的表情瞬間僵住，呈現詭異的扭曲，看得出來他的呼吸紊亂而急促。

註：文庫本書籍一九二七年於日本推出，為攜帶方便（小開本）、廉價的單行本，至今仍深受讀者喜愛。

「然後呢？」他問。光講這句話就教他費了九牛二虎之力。

「你可不可說明一下，爲什麼你會有日高邦彥的前妻，也就是初美小姐的照片？而且還好生收藏著？」

野野口修不看我，調頭轉向窗外。我凝視著他的側臉，他彷彿正努力思索著什麼，連我們都感受到了。

「就算我有初美的照片，那又怎樣？這和這次的案件根本沒有關係，不是嗎？」

他好不容易擠出這句話，依然將目光鎖定在窗外。

「有沒有關係請讓我們來判斷，老師您只要提供足以判斷的材料就可以了，請老實一點。」

「我是打算老實地告訴你啊。」

「那就請你老實地解釋一下這張照片吧。」

「根本沒有什麼，這種照片不代表任何意義。那好像是以前拍的，我一直忘記要把它交給日高，不小心就夾在《廣辭苑》裡當作書籤使用了。」

「是什麼時候拍的？這好像是哪裡的休息站？」

「我忘了。偶爾我也會和他們夫妻倆一起去賞花或參觀祭典什麼的，大概是那時拍的吧。」

「你怎麼只幫太太拍照？人家夫妻可是一對。」

「哪有每次都那麼剛好？既然是在休息站，也有可能日高去上廁所了。」

「那麼當時拍的其他照片現在在哪裡？」

「我連這是什麼時候拍的都不記得了，哪有辦法回答你這種問題。或許擺在相簿裡，又或許早就丟掉了，總之我沒印象。」

野野口修已經開始語無倫次了。

我進一步取出兩張照片放到他的面前，背景全是富士山。

「這照片你記得吧？」我敢肯定，在看到那兩張照片時，他嚥了口口水。

「是從老師的相簿裡找出來的，你不會連它們都不記得吧？」

「……是什麼時候拍的呢？」

「這兩張照片拍攝的地點完全一樣，你還想不出是哪裡嗎？」

「想不出來。」

「富士川，講正確點，是富士川休息站。剛剛日高初美的那張照片恐怕也是在那裡拍的，她背後的階梯告訴了我們。」

對於我說的話，野野口修一聲不吭。

很多警員一看就指出，日高初美的那張照片是在富士川休息站拍的。根據這點，我們重新翻查了野野口修的相簿，結果發現了另外兩張照片。在靜岡縣警的協助下，我們確認它們攝於富士川休息站的可能性非常的高。

「如果你想不起來是何時拍了初美的照片，那麼你可不可以告訴我，這個富士山的照片是什麼時候拍的，這應該沒有那麼難吧？」

「很抱歉，這個我也忘了，我也是剛剛才知道有這樣的照片放在相簿裡。」

看來，他已經決定好，打算來個一問三不知。

「是嗎？那我只好給你看最後一張照片了。」

我從上衣的內袋取出最後一張王牌，那是從日高初美的娘家借來的。在拜訪篠田家時，牧村刑警發現了一張女子三人的合照。

「這張照片裡有一件你非常熟悉的東西，你當然知道那是什麼吧？」

我凝視野野口修觀看照片時的表情，他總算稍微睜開了眼。

「怎麼樣？」

「對不起，我不懂你在說些什麼。」說這句話時，他的聲音顯得乾澀。

「是嗎？你應該知道這三位女性中間的那位是日高初美吧？」

對於這個問題，野野口修未做出任何回應，意思就是默認了。

「那麼關於初美小姐身上穿的那件圍裙，你有沒有印象？你不覺得那黃白交叉的格子很面熟嗎？這和在老師屋裡找出的那件一模一樣。」

「是又怎樣？」

「對於擁有日高初美的相片，隨便你怎麼掰都行，不過，你收著她的圍裙，這又做何解釋？就我們的看法，只能推測你倆有曖昧的關係。」

野野口修低聲咒罵，之後又再度保持沉默。

「老師，可否請你告訴我們眞相？你一直隱瞞下去，只會逼得我們不得不查。一旦我們有所行動，媒體就會聞風而來。現在他們還不知道，不過難保他們日後嗅到了什麼，就此亂寫一通。如果你能老實告訴我們，我們也可以幫你想好因應的對策。」

老實說，我不曉得這番話能產生多大的效果，不過，看得出來野野口修開始動搖了。

「我只想明確地說一句，我和她之間的事和這次的案件沒有關係。」

聽到他這句話，我放心多了，至少跨近了一步。

「你是承認兩人的關係囉？」

「那還稱不上關係，只是一時的意亂情迷罷了，不論是她還是我，都很快就冷卻了。」

「你們是從何時開始的？」

「我記不太清楚了，大概是我開始進出日高家之後的五、六個月吧。當時我得了感冒，一個人躺在房裡，她偶爾會來看我，就是那樣發生的。」

「這種情況持續了多久？」

「兩、三個月吧。我剛剛也說了，時間很短，全是教發燒給惹的，我們兩個也不知道爲什麼會這樣。」

「不過，您後來還是繼續和日高家保持來往。通常發生這種事後，一般人都會盡量迴避的。」

「我們不是大吵大鬧分手的。我們商量後覺得還是停止這樣的關係會比較好。分開時就說好了，要像從前一樣相處。話雖如此，我在日高家碰到她時，還是沒辦法完全保持冷靜。事實上，我去的時候，她多半不在家，大概是故意避開的吧。這麼說或許不太妥當，不過我想要不是她發生意外過世的話，我遲早會和日高夫婦斷絕來往的。」

野野口修淡淡地說道。剛剛那份驚慌失措已經不見了，我審視他的表情，估量這番話的可信度到底有多少。看起來不像是在說謊，不過他這麼冷靜卻又顯得不太自然。

「除了圍裙以外，在您住的房子裡還找到了項鍊和旅遊申請表，這兩件也跟日高初美有關嗎？」

他點頭回答了我的問題：「我臨時興起想要兩人一起去旅行，行程都已經安排好了，就只差提出申請而已，不過還是沒有成行。」

「爲什麼？」

「我們分手了。這不是明擺著的嗎？」

「項鍊呢？」

「就像你先前猜測的，那是我打算送給她的，不過最後也是不了了之。」

「除此之外，你那邊還有初美的遺物嗎？」

野野口修想了一下後回答：「衣櫃裡掛著一條佩斯利花呢的領帶，是她送給我的禮物。還有放在餐具架的梅森咖啡杯是她專用的，是我倆一起到店裡去挑的。」

「那家店的店名是？」

「應該在銀座，至於確切的地點和名字我不記得了。」

確定牧村刑警把上述的內容記下後，我向野野口修問道：「我想您至今依然忘不了日高初美吧？」

「沒那回事，都已經過去了。」

「那麼你爲何還小心地收藏著她的遺物？」

「什麼小心收藏？那是你個人的看法，我只是一直沒有處理，讓它擺著罷了。」

「連照片也是嗎？夾在《廣辭苑》裡的照片，你也是沒空處理、把它當做書籤用了好幾年？」

野野口修好像辭窮了，接下來他所說的話就是證明：「算了，你愛怎麼想隨便你，總之，那些和這次的事件無關。」

「或許你會嫌我囉唆，不過有沒有關係由我們警方判斷。」

最後我還有一件事想要確認，我問他：「對於日高初美因意外而死，你有什麼看法？」

「你問我有什麼看法，這教我很難回答，我只能說我很悲傷，也很震驚。」

「若是這樣，你應該很恨關川吧？」

「關川？誰是關川？」

「你不知道嗎？他的全名叫做關川龍夫，你至少應該聽過吧？」

「不知道，也沒聽過。」

既然他堅持這麼說，我只好出示解答：「他是卡車司機，撞死初美的那個男的。」

野野口修顯得點心虛。「是嗎？……是這個名字啊？」

「你連他的名字都不知道，這代表著你沒那麼恨他吧？」

「我只是不記得他的名字而已，當然也談不上什麼恨不恨的，因為我再怎麼恨他，初美也不可能活過來了。」

於是我把從日高理惠那兒聽來的事說了出來：「因為你覺得她是自殺的，所以也不能夠怪人家司機是吧？」

事實上，他只有說過「覺得那並非單純的意外」，可是我卻故意用上「自殺」兩字。

野野口瞪大了眼睛：「你怎麼會這麼說？」

「因爲我聽說你曾向某人這麼說過。」

他好像已經猜出那個某人是誰了。

「就算我眞那麼說過，那也只是一時心直口快。我隨便講的一句話都教你們拿來大作文章，眞傷腦筋！」

「就算是心直口快好了，我們卻對你憑什麼這樣講感到有興趣。」

「我忘了。今天若是有人要你對從前講過的每一句話都一一做出解釋，我想你也會覺得很困擾吧？」

「算了，這件事我們早晚還要再找你談。」

雖然就這樣離開了病房，不過我已經有了充分的把握，野野口修一定覺得日高初美是自殺的。

我們回到偵查總部後不久，就接到日高理惠的電話，她說行李已經從加拿大寄回來了。這其中好像也有日高邦彥採訪用的帶子，於是我們火速前往。

「行李中的帶子全在這裡了。」日高理惠一面說，一面把七支V8錄影帶排在桌上，全是長度一小時的錄影用卡帶。

我將它們拿起一一觀看，外盒上只有一至七的編號，並沒寫上標題，對日高邦彥本人而言，這樣的標註就足夠了吧？

你看過內容了嗎？我問，結果日高理惠回答「沒有」。

「我總覺得怪怪的。」這是她的說法，不過應該是這樣吧。

我拜託她將帶子借給我們，她答應了。

「對了，事實上還有一樣東西，我覺得應該讓你們看看。」

「是什麼呢？」

「就是這個。」日高理惠拿出便當盒大小的方形紙箱放到桌上。

「它和外子的衣服放在一起，印象中我不曾見過這個，應該是外子放進去的。」

我說了聲「讓我看看」，便接過箱子，打開箱蓋。裡面用透明袋子裝了一把小刀，刀柄是塑膠製的，刀長約二十英吋。我連同外袋一起拿起，感覺還蠻沉的。

我問日高理惠這是什麼刀子，然而她搖了搖頭。「就是因爲不知道，所以才請你們看的。我從來沒有見過，也不曾聽外子提起。」

我透過外袋審視刀子的表面，看來不像是全新的。

我又問「日高邦彥有登山的習慣嗎？」她的回答是：「就我所知沒有。」

於是我連刀子也一起帶回了偵查總部。

回到總部，我們趕緊分工查看錄影帶的內容，我負責看的那卷講的是京都傳統工藝，特別是西陣織（註）的部分。影片記錄了織工以傳統古法織布，還有他們每日的生活作息。背後偶爾會

註：西陣織為昔日日本貴族和上流社會使用之高級織物，以色彩鮮豔、手工精緻為特色，現仍被視為京都手工藝的極致表現。

穿插說話的聲音，那應該是日高邦彥本人的解說吧？一小時的帶子大概只用了八成，剩下的部分全部空白。

我問過其他的偵查人員，他們說另外的帶子也是同樣的情形，我們只能界定這些是單純為採訪而拍的。後來我們乾脆互相交換帶子，以快轉的方式再度瀏覽一遍，不過得到的結論仍是一樣。

為何野野口修會向日高理惠詢問錄影帶的事呢？難道不是因為裡面拍的東西對他而言有特殊意義嗎？可是，我們看完了七卷帶子，卻找不到任何與野野口修有關的地方。

沒想到竟然一無所獲，我不免有些氣餒。不過就在此時，從鑑識科傳來令人意想不到的消息。我拜託鑑識科針對那把刀子做出詳細的調查。

以下我大略講一下鑑識報告的內容：

「從刀刃部分有若干磨損的痕跡看來，應該已用過很多次，不過上面不曾沾染血跡。刀柄部分有多枚指紋，經由比對的結果，證實全是野野口修的。」

這當然是值得重視的線索，不過我們想不出來這該做何解釋。為何日高邦彥要把印有野野口修指紋的刀子當作寶貝般地收藏起來？還有，為何他連自己的妻子日高理惠也瞞在鼓裡？

有人提議乾脆去問野野口本人算了，不過被上級駁回了。所有偵查小組的人員都有預感，那把刀子將是讓野野口托出全盤真相的決定性王牌。

隔天，日高理惠再度聯絡上我們，她說她找到了另一卷錄影帶。

我們急忙前往取回那支帶子。

「請看這個。」她首先拿出的是一本書，是之前她送我的《螢火蟲》單行本。

「這本書怎麼了？」

「你打開書皮看看。」

我依照她的指示用手指輕翻書皮，同行的牧村刑警發出「咦」的一聲。書的內部已被挖空，裡面藏著一卷錄影帶，簡直就像是老式的偵探小說！

「只有這本書和其他的書籍分開收放。」日高理惠說。

可以確定這即是日高邦彥出於某種意圖而特地收藏的帶子，我們已經等不及回偵查本部再看，當場就把畫面叫了出來。

螢幕上出現了某家的庭院和窗戶，日高理惠和我們馬上就認出那是日高家。因爲是在晚上拍的，影像顯得十分昏暗。

畫面一角標示了拍攝的日期，是七年前的十二月份。

到底會出現什麼呢？我湊向前仔細瞧。不過攝影機一直拍著庭院和窗戶，既無變化，也無人現身。

「我們按一下快轉好了？」正當牧村刑警這麼說的同時，畫面上某人出現了。

告白之章

野野口修的筆記

下一次加賀刑警再來的時候，會不會已經知道所有的答案？這幾天我躺在病床上，一直想著這件事。依他先前的工作進度，我很難不做出這樣的聯想。事實上，他正精準地、以驚人的速度接近眞相，我好像隨時都聽到他的腳步聲在我耳邊響起。尤其是當我和日高初美的關係被拆穿時，我就有了某個程度的覺悟。恐怕瞞不下去了，我突然想放棄，他的敏銳讓我覺得恐怖。或許我這麼講有點奇怪，不過他辭掉教職選擇這份工作是正確的。

加賀刑警帶了兩件證物出現在病房，一把刀子和一卷錄影帶。令人驚訝的是，聽說那卷帶子藏在被挖空的《螢火蟲》小說裡。我心想，這眞像是日高會搞的把戲，也只有他會這麼故意。如果他不是將它擺在《螢火蟲》裡，而是擺在其他書本的話，相信即使是加賀刑警，也不會這麼簡單就發現事情的眞相。

「請你解釋一下這卷帶子的內容，如果你想再看一遍的話，我們會向醫院借來錄影機和電視。」

加賀刑警只是輕描淡寫地講了幾句，不過光這幾句話就足以讓我說出眞相了。因爲要說明那卷錄影帶的內容，非講出所有的實情不可。那裡面紀錄的，是非常詭奇的東西。

即使如此，我依然試圖做無謂的掙扎，打算拒絕回答所有的問題。不過，我很快就瞭解到這樣做幾乎沒有意義。加賀刑警彷彿早已料到我會使出沉默以對的招數，加賀刑警自顧自地陳述起自己的推理。眞是教人驚訝，略除細節的部分不談，他的推理幾乎與現實一模一樣，他甚至還說：

「以上的這番話，就現在這個時間點而言，只能算是想像。不過，我們打算就用這個當作這次犯案的動機並就此結案。老師您之前也曾說過，動機怎樣都無所謂，隨便警方愛怎麼寫就怎麼寫，我現在就回答你，剛剛講的那些就算是你的動機了。」

沒錯，我之前確實跟他講過那樣的話。我不是開玩笑，是認眞的，與其要我講出殺害日高邦彥的眞正理由，倒不如採用別人編造的適當說法。

當時我作夢也想不到，竟然會讓加賀刑警找出眞正的理由，所以，要如何處理今天的這個局面，我壓根兒就沒想過。

「看來是我輸了。」我強作鎭定，努力保持和緩的語調。加賀刑警應該也看出來了吧？那只是虛張聲勢。

「你可以說了嗎？」加賀刑警問。

「好像不說也不行了。就算我什麼都不說，你也會把剛剛講的話當作事實，呈報給法庭吧？」

「沒錯。」

「若是這樣，請你盡量確保內容的眞實性，這樣我也比較釋懷。」

「我自行推理總會有不正確的地方。」

「不，幾乎沒有，眞了不起！不過，要補充的地方倒有幾個，此外還牽涉到名譽的問題。」

「事關老師的名譽嗎？」

「不，」我拚命地搖頭。「是日高初美的名譽。」

好像懂了似地，加賀刑警點了點頭，接著他向同行的刑警示意，要他開始準備記錄。

「請等一下！」我說：「我一定要用這種方式回答嗎？」

「什麼意思？」

「這個故事有點長，有些部分我得在腦中先整理一下，如果想到什麼就說什麼，難免有未能盡實表達的遺憾。」

「起訴書寫好後，我們一定會讓你過目的。」

「我知道，不過我也有我的堅持，我希望自白的時候，能用我自己的話來陳述。」

加賀刑警沉默了數秒後說道：「你想親手寫自白書？」

「如果可以的話，我想這麼做。」

「我知道了，這樣我們也比較輕鬆，你需要多久時間？」

「一整天就可以了。」

加賀刑警看了下手錶，說道：「明天傍晚我們再來。」接著就起身走了。

這就是我寫這份自白書的原委。這恐怕是我最後一次，以提供他人閱讀爲目的所寫的長篇文章吧？也就是說，這將是我最後的作品。思及至此，我告訴自己，一言一語都不可馬虎，不過遺憾的是，我並沒有充裕的時間去講究詞彙的修飾。

就像我一再跟加賀刑警說的，我和日高邦彥再度相逢於七年前。當時日高已經成爲正式作家，距離他獲得某出版社的新人獎也已經過了兩年。他出版了以得獎作品爲主軸，結合其他短篇作品的單行本，另外還寫了三部長篇小說。「令人期待的後起新秀」——我記得當時人家是這麼評價他的，不過，每當有出道不久的作家出書，出版社總是如此歌頌……。

因爲我們是童年故友，所以打從他出道以來，我就一直留意他的事。我一邊覺得他很厲害，一邊嫉妒著他，這點我不否認。怎麼說呢？因爲當時的我也以寫作爲終生職志。

事實上，我和日高從小就不斷談論這樣的夢想。我們兩個都喜歡閱讀，如果發現了什麼有趣的書，就會互相告訴對方，彼此交換欣賞。是他告訴我「福爾摩斯」和「魯邦三世」（註一）的趣味，而我則推薦朱利．凡爾納（註二）給他。

日高常說：「像這樣有趣的書，我也想寫看看！」「總有一天我會成爲作家。」這種話他就是能毫不猶豫地脫口而出。雖然我不像他，總是理直氣壯地大聲嚷嚷，但卻也說過那是我憧憬的職業。

這種情況之下，被他超越的我多少有點嫉妒，這也是無可厚非的吧？相較於他的成功，我連作家的邊都還沾不到。

不過，畢竟他是我的舊識，會想要幫他加油是無庸置疑的。況且，對我本身而言，這也許是個機會？透過日高，說不定我能認識幾個出版社的人。

有了這樣的打算，我眞的恨不得馬上就去見他，不過，我料想到，就剛成名的他而言，即使是童年摯友的鼓勵也只是錦上添花，徒增膩煩感而已。所以我打算好好讀過他的作品後，再去向他慶賀。

而在他的刺激下，我也總算開始認眞創作。學生時代，我曾和幾個朋友編過類似小報的東西，打那時開始，我就已經在寫小說了。

我從多年醞釀的幾個題材中選出一個有關煙火師傅的故事，開始寫作。我老家隔壁住了一名煙火製造師傅，小學五、六年級的時候，我曾多次到他的工作室去玩，當時他大概七十幾歲吧。聽那位老伯講有關煙火的事非常有趣，我一輩子都忘不了。於是我想到，如果把老伯講的故事鋪陳開來，不就是一本小說了嗎？平凡的男子因爲一個偶然的機緣，投身於煙火的製作……，思及這樣的情節，我開始著手寫作。《圓火》，是我爲這部作品取的名字。

就這樣經過了兩年，我終於下定決心寫信給日高。信裡我告訴他，我已經讀過他出道以來的所有作品，希望他多努力。我爲他加油，同時也表明了希望能夠見上一面。

沒想到，很快就有回信了。不，說回信好像奇怪了點，事實上，是日高打電話到我家裡，我在信裡也把自己的電話寫了上去。

他十分念舊，仔細一想，打從國中畢業之後，我們就沒好好聊過。

「我聽我媽說，你成了野野口老師了？有份安定的工作眞好，我到現在都還過著既沒薪水又沒獎金的日子，都不知道明天會怎麼樣呢！」

他說完後，似無心機地笑了。他之所以這麼說，當然是因爲潛意識的優越感作崇，不過我並

註一：「福爾摩斯」為英國作家柯南・道爾（Arthar Conan Doyle, 1859~1930）所著的一系列偵探小說，深受廣大讀者喜愛；「魯邦三世」則為日本漫畫家猴子拳（Monkey Punch）於一九六七年開始連載的漫畫，之後改編成動畫一炮而紅。

註二：Jules Verne（1828~2905）為十九世紀法國暢銷書作家，著有：《地心遊記》（*A Journey to the Centre of the Earth*）、《海底兩萬里格》（*Twenty Thousand Leagues under the Seas*）等。

沒有不愉快的感覺。

我們在電話裡講好下次見面的事，先到新宿的咖啡廳碰頭，再去後面的中華餐館用餐。當天我就穿著剛從學校下班回來的西裝，而他則穿著夾克、牛仔褲。「原來這就是自由業者的打扮啊！」記得當時我有很特別的感觸。

我們談起過往，並聊起共同朋友的近況，之後話題就一直繞著日高的小說打轉。在得知我眞的讀過他的所有作品後，日高顯得非常驚訝。據他所說，就連跟他合作的編輯，也有半數以上連他的一本書都沒讀過，這眞教我意外。

大部分的時候，他都很開心也很多話，不過，當我提到書籍的銷售成績時，他的表情卻顯得有些陰鬱。

「光拿到雜誌的新人獎，書是賣不好的，因爲沒有多少人會注意到它。同樣是得獎，如果是著名獎項的話，情況就不一樣了。」

我心想，就算已經實踐夢想，成爲眞正的作家，還是有很多不爲人知的辛苦啊。

後來我仔細一想，或許當時日高已在寫作的路上碰到了瓶頸，意即所謂的低潮，而他遲遲找不到克服的方法？當然，那時我並不知道這種情況。

我告訴他，事實上自己也正寫著小說，夢想有朝一日能夠成爲眞正的作家，我連這點都向他坦白了。

「有沒有完成的作品？」他問我。

「不，說來慚愧，我還在寫第一本書，應該不久就可完成了。」

「那等你寫好了再拿過來，我看一看，如果不錯的話，就把你介紹給認識的編輯。」

「眞的嗎？聽你這麼說，我寫起來就更來勁了。我一點人脈都沒有，還想說要去參加哪家的新人獎呢！」

「我勸你還是別大費周章地去參加什麼新人獎，那個靠的全是運氣，如果一開始不合篩選者的胃口，初選階段就會被刷下來，即使再好的作品也一樣。」

「這我倒是聽過。」

「是吧？還是直接找編輯比較省事。」日高自信滿滿地說道。

「作品完成後，我會馬上聯絡你。」之後們就分手了。

有了具體的目標後，我寫作的決心也不一樣了。原本拖拖拉拉寫了一年多才寫到一半的故事，卻在和日高見面後不到一個月就完成了。用稿紙來算，是好幾百頁的中篇小說。

我和日高聯絡，跟他說書已經寫好，請他幫忙看。他要我把書快遞到他家，於是我影印了一份，將它寄了出去。剩下來的就是靜候他的回覆了，從那天起，我連在學校都無心工作。

不過，日高遲遲未和我聯絡，我心想他應該很忙，沒打算馬上打電話催他。不過，在我腦海的一角不禁揣測著，他會不會覺得那部作品很糟，而不知該怎麼回答我？這種不祥的預感在我心裡日益膨脹。

寄出稿子後已過了一個多月，我終於鼓起勇氣打電話給他，他的回覆教我好生失望，他說他連看都還沒看。

「不好意思！最近正在處理一件很棘手的工作，所以抽不出時間。」聽到他這麼說，我也不知該說什麼才好。

「沒關係，反正我不急，你就先把你的事處理好吧。」我反倒鼓勵起他來了。

「抱歉！那本書剛寄來的時候，我就馬上看了，不過只翻了開頭的部分，好像是講煙火師傅的故事？」

「嗯。」

「你寫的是住在神社隔壁的那個老爺爺吧？」

日高似乎還記得那位煙火老師傅，我回答：「是的。」

「我覺得好懷念喔，想說要趕快把它讀完，不過卻沒有辦法。」

「你手頭這份工作要忙到什麼時候？」

「我想大概還要一個月吧？不管怎樣，我讀完了會馬上和你聯絡。」

「嗯，拜託你了。」

我掛了電話，心想寫書這份工作果然很辛苦。那時，我對日高根本毫無戒心。

之後又過了一個月，他依然沒有半點消息。雖然我知道逼得太緊會造成對方的困擾，不過我迫不及待地想聽到他對作品的感想，還是忍不住撥了電話。

「抱歉！我還沒看完。」他的回答又再次令我感到失望。「這次的工作拖得比較久，你可不可以再等一下下？」

「那是無所謂啦……」說老實話，要我再等下去是一種折磨，於是我說：「如果你很忙的話，可不可以介紹別人幫我看一下？譬如說編輯什麼的？」

聽我這麼一說，他的語氣突然變得十分嚴峻。「那可不行！我不想在內容、品質都不瞭解的情況下，就硬把書塞給忙得要死的編輯。他們每天都有一大堆不成熟的稿子要處理，就算要介紹給人家好了，我也希望自己能先看過。如果你信不過我，我現在就可以把稿子退回給你。」

他這一番話說得我我啞口無言。

「我不是這個意思，我只是覺得你很辛苦，想說有其他人可以幫忙就好了。」

「遺憾的是，這世上沒有人會認眞去讀業餘作家的小說。放心好了，我會負責把它讀完的，我答應你。」

「是嗎？那就拜託你了。」我說完後就掛上電話。

然而，不出所料，過了兩個禮拜，他依然沒有回覆。我抱著可能惹惱他的覺悟，再次打了電話過去。

「我正想打電話給你呢。」不知爲什麼，他的口氣顯得有些冷淡，讓我有點擔心。

「你看完了嗎？」

「嗯，剛剛看完。」

那你爲何不馬上打電話給我？我強忍住想要質問的衝動。「你覺得怎樣？」我試著詢問他對作品的感想。

「嗯，這個嘛……」他停頓了數秒後說道：「在電話裡說不清楚，怎樣？你要不要過來一趟？我們好好談談。」

他的話讓我困惑，我只是想知道作品有不有趣而已，眞是急驚風遇到慢郎中。不過，他會特地把我叫去他家，說有事要跟我詳談，可見他已認眞把書讀過一遍了。「我一定會去打擾的。」我有點緊張地答應了。

就這樣，我上他家登門造訪。那時我壓根沒有想到，這次的拜訪會對我往後的人生產生多大的影響。

那時，他才剛買了現在這個家。雖然他對外宣稱房子是靠他上班時存下的積蓄買的，不過想必他父親留下的遺產也有頗大的貢獻吧。聽說日高的父親是在兩年前過世的。還好他後來成了暢銷作家，否則這樣的豪宅似乎與他不太相稱呢。

我帶了威士忌當作禮物，來到他住的地方。

日高以教練之姿迎接我，站在他身旁的就是初美。

現在回想起來，或許那就是所謂的一見鍾情。看到初美的瞬間，我心中就起了某種感應，那是一種似曾相識的感覺。當然這是我們第一次見面，所以講正確一點，應該說是註定相遇的兩人終於在某個時間點交會了。我一直盯著她的臉龐，半晌說不出話來。

不過，日高好像並未留意我的失神，他叫初美去泡咖啡，然後就領著我進入工作室裡。

我本以爲他會馬上談論有關作品的事，不過他遲遲未進入主題。他談起最近發生的社會案件，一味詢問我教師工作的情形，就連初美送來咖啡之後，他還繼續扯著不相干的話題。

終於我忍不住問了：「對了，我那本小說怎樣？如果不好的話，希望你能老實告訴我。」

他總算收起嘻皮笑臉，告訴我他的想法：「我覺得不錯，不過題目定得不是很恰當。」

「你的意思是……，不是很壞，但也沒有很好，是嗎？」

「嗯，老實講，是這樣沒錯，我感覺不出有任何吸引讀者的特點。打個比方說好了，就好像材料不錯，但烹調的方法錯了。」

「具體來說，到底哪裡不好？」

「嗯，應該是人物缺乏魅力吧？不過這應該歸咎於故事太複雜了？」

「你的意思是整體的格局太小了？」

「好像是吧。」接著他繼續說道：「不過就一個業餘作家而言，這樣算是很不錯的了。文筆還說的過去，起承轉合也有了，就是缺乏專業作品的魅力，如果只是故事好看的話，是無法成爲商品的。」

雖然我早有心理準備，但聽到這樣的評價還是覺得失望。如果眞有明顯的缺點，將它修正過來也就算了，可是「好看卻缺乏魅力」的評語，教我無從改起。換個說法，那就是「天生缺乏才能」的意思。

「那我保留這個題目，換個方式來寫會比較好吧？」我並不氣餒，試著談論今後的寫作方針。

然而，日高搖了搖頭。「一直執著在一個題目上不好，你就忘了那個煙火師傅吧。如果不這麼做的話，恐怕難有進步，我勸你還是寫個完全不同的故事。」

他的建議聽來還蠻有道理的。

於是我問他，如果寫好了其他故事，可不可以請他再幫我看？他回答非常樂意。

之後，我就馬上著手下一部作品。然而，實際上進行得並不順利。我的第一本書是在心無旁鶩的情況下寫的，可是寫第二本的時候，我變得特別吹毛求疵，有時光是斟酌一個詞語用法，也會讓我坐在書桌前耗上一個小時。這是有原因的，因爲我開始意識到讀者的存在。最初的作品並不是以供人閱讀爲目的而寫的，可是這次的作品卻有了日高這麼一位讀者。對於這件事，我好像神經質了一點。後來我也體會到，太在意讀者不是一件好事，或許這就是專業和業餘的差別？

第二本書就在這樣的情況下難產了，不過在此期間我經常到日高家去拜訪。我們既是童年故友，又曾玩在一塊兒，所以友情恢復是很自然的事。對我而言，能夠瞭解現役作家的生活是一件非常有趣的事，而對日高來說，也能藉此增加和外界接觸的機會吧。因爲有一次他曾不小心洩漏，自從成爲作家以後，和人群就日漸疏遠了。

不過，我去日高家還有別有私心，這點我必須坦白。我期待看到日高初美，每次我去她家的時候，她總是笑臉迎人的。比起濃妝豔抹，我覺得她穿家居服的樣子更加好看，她是我心目中的理想女性。當然，她精心打扮的樣子，我未曾見過，說不定她會搖身一變成爲令人屏息的妖豔女郎，這樣就會和日高比較速配吧？不過，在我心裡她永遠是宜室宜家的美女。

有一次，我沒事先聯絡就登門造訪，藉口說正好來到附近，事實上，我是不自覺地想看看她的笑容。那天日高恰巧出門去了，我也只好寒喧一下就打道回府，因爲我名義上要拜訪的人是日高，不是她。

但幸運的是，初美挽留了我。她說剛烤了蛋糕，要我嚐嚐。我雖然嘴裡喊著告退，卻一點也不想放棄這個千載難逢的機會，於是厚著臉皮就進去了。

接下來的兩個小時眞是無比幸福的時光。我的心情非常亢奮，開始胡言亂語，而她並未露出嫌惡的表情，反倒像少女般地輕聲嬌笑，教我欣喜若狂。我想當時我的臉一定很紅，告辭後冷風拂面的清新感受，我到現在都還記得。

後來，我依然假借討論創作的名義，頻繁進出日高家，只爲一睹初美燦爛的笑容。日高似乎什麼都沒發現，事實上，他和我見面也有他自己的考量，這是我事後才知道的。

終於，我的第二本書完成了。我趕緊讓日高過目，並詢問他的感想，遺憾的是，這本書依然沒有得到好的回應。

「感覺上是一本很普通的戀愛小說。」這是日高的感想。「少年迷戀年長女性的故事，市面上隨便找就有一堆，應該加入一點新意才是。還有女主角的部分也處理得不好，缺乏眞實感，看來好像是自己虛構出來的。」

眞是殘酷的批評！我大受打擊，特別是最後幾句話最教我受傷，因爲日高評爲「缺乏眞實感」的女主角，是以初美爲原型寫成的。

我是不是缺乏成爲專業作家的實力？我問日高。

他想了一下，回答我：「反正你有固定的職業，沒必要那麼心急吧？我覺得你就抱著何時出書都可以的心態，把它當作興趣去寫會比較好。」

這些話發揮不了安慰的作用。曾經，我自我陶醉地以爲好歹都寫到第二本了，應該算有個成績了吧。自己到底是哪裡不足？我眞的非常懊惱。「打起精神來！」這個時候，就連初美溫柔的鼓勵也起不了作用了。

大概是深受打擊，加上長期睡眠不足的結果吧？在那之後，我的身體每下愈況。感冒遲遲未癒，終至纏綿病榻。此時，我深切體會單身生活的辛苦，一個人縮在冰冷的被窩裡，悲慘的感覺幾乎把我給淹沒了。

這時，喜出望外地，幸運從天而降。這我也跟加賀刑警說過了，沒錯，初美到我家探病來了。當我透過門孔看到她的時候，還一度以爲是發燒讓我神智不清了。

「我聽我先生說，你得了感冒沒有去學校上班。」她這麼說道。前天日高打電話來的時候，我確實跟他提起自己正臥病在床。

初美無視於我的感激和驚訝，到廚房去幫我做飯，甚至連材料都買好了。我的腦袋暈沉沉的，當然那是因爲感冒的關係。

初美做的蔬菜湯非常特別，不，老實說，當時我根本嚐不出味道。可是，只要一想到她是爲我而來，甚至爲我做飯，我就感到無比幸福。

由於這場病的緣故，我向學校請了一個禮拜的假。身體瘦弱的我，只要一生病就很不容易好，這從以前就一直困擾著我，不過，只有這一次，我必須感謝這種體質，因爲這期間初美竟然來看了我三次。她第三次來的時候，我問她是不是日高要她來的。

「我沒跟他說我要來。」這是她的回答。

「爲什麼？」

「因爲……」她並沒有接著說下去，反倒要求我：「你可不可以也別跟他提起？」

「我是無所謂啦。」雖然我很想知道她的想法，卻沒有追問下去。

痊癒後，我心想一定得向她道謝才行，於是我決定請她吃飯，因爲送禮物的話，難保不被日高發現。

初美顯得有點猶豫，不過她還是答應了我。她說，過兩天日高正好要到外地採訪，我們就約那時候好了。我沒有異議。

我們一起去了六本木的懷石料理餐廳，那天晚上她住在我家。

關於我倆的關係，我曾跟加賀刑警說過「只是一時的意亂情迷」，我想在此提出更正，我們是發自內心地愛著對方。對她，我一點輕薄之心都沒有。第一次見到她時，我就明白，她是我命中註定要碰到的人，而我倆認眞地談起感情可說是從那個夜晚萌芽的吧？

不過，一陣濃情蜜意後，我從初美那裡聽到令人驚訝的消息，是有關日高的事。

「我先生好像在騙你。」她悲傷地說。

「什麼意思？」

「他阻礙你成爲眞正的作家，想讓你放棄作家的道路。」

「那是因爲我的小說很無趣嗎？」

「不，不是這樣，我覺得正好相反，因爲你寫的作品比他的有趣，所以他才會嫉妒。」

「怎麼會？」

「我一開始也沒有這麼想，不，應該說不願意這麼想。不過，除此之外，我實在找不到其他理由解釋來他的怪異行爲。」

「怎麼說呢？」

「我記得你把第一本作品寄給他的時候，一開始他並不打算花很多精神去讀。他曾經說過，幫業餘作家看不入流的東西，連自己的品味也會跟著降低，他甚至還說，隨便翻一下能交代過去就算了。」

「耶?是這樣嗎？」這和日高本人的說法倒是大相逕庭，我一邊這麼想著，一邊催促她說下去。

「不過，等他開始讀了之後，他就整個人沉迷其中。他的個性我很清楚，沒耐性的他，只要稍覺無趣，就會二話不說地把東西丟到一旁，因此他會那麼認眞讀你的小說，只能說是被你所描寫的世界給吸引了。」

「但是，他說過那部作品沒資格成爲專業的小說。」

「所以我才會察覺他的企圖。之前你打了好幾次電話過來，他都跟你說還沒有看，那是騙人的。我想他是還沒想到應付你的方法吧?而他最後得到的結論必定是故意貶低你的作品，讓你斷了成爲作家的念頭。他明明這麼認眞地閱讀你的作品，卻說不有趣，我聽到後就一直覺得很奇怪。」

「他認眞閱讀我的作品，是因爲我們是從小認識的好朋友嘛！」我無法相信她所說的話，如此辯稱。不過，她很堅決地否認說：「他不是那樣的人，他那個人除了自己以外，對任何事都不感興趣。」

聽她的口氣如此肯定，我不得不感到疑惑。眞沒想到，她是這麼看待戀愛一場才結爲連理的丈夫。

不過，仔細一想，要不是她對現在的丈夫產生幻滅，哪有我趁虛而入的份?想到這裡，我的心情有些複雜。

初美還告訴我，最近日高的創作遇到了瓶頸，顯得十分焦急，他完全想不出該寫些什麼，幾乎喪失自信。或許就是因爲這樣，看到業餘的我接連寫出新的作品，他才會感到嫉妒，她說：「總之，野野口先生，你最好不要再去找我先生商量寫作的事，你應該找個更有心幫你的人才是。」

「不過，如果日高眞的不想讓我出道的話，他直接叫我死心不就好了，幹嘛還幫我看第二本小說……」

「你不瞭解他，他之所以不跟你明說，是爲了阻止你去找別人商量。他讓你抱著希望，好藉此牽絆住你。事實上，說要幫你介紹出版社什麼的，根本沒那回事。」初美以不同於以往的激烈語氣說道。

無論如何我都無法相信日高的心裡會藏著這樣的惡意，不過，我也不認爲初美是在胡說八道。

「總之，再觀察一陣子好了。」我說。看到我這樣的態度，初美顯得有點擔心。

不過，之後我到日高家的次數減少了，卻是不爭的事實。我之所以這樣做，倒不是防著日高，實際上我是害怕在他面前跟初美碰面。我不敢保證，和她見面的時候，我能假裝什麼事都沒發生。日高是個觀察敏銳的人，一旦他發現我看初美的眼神不對，肯定會察覺出什麼。

話雖如此，要我好幾天不跟她見面，卻是難如登天。不過，在外面幽會實在太危險了，我們偷偷商量的結果，決定由初美到我家來。我想加賀刑警應該知道，我住的公寓很少有人來，左鄰右舍幾乎沒看過有人從我家裡出入。而且，就算眞的被看到了，在無人知道她是誰的情況下，也就不用擔心會有奇怪的謠言傳出。

初美算好日高出門的時間後，就到我這兒。雖然她不曾在這裡過夜，卻好幾次煮了飯，陪我共進晚餐。那時她總是穿上她最喜歡的圍裙，是的，就是警方發現的那件。看著她穿著圍裙站在我的廚房裡，感覺上就好像新婚夫婦一樣。

然而，相聚的時候有多快樂，分開的時候就有多痛苦。每到她非回去不可的時候，我們兩個總是相對無言，幽怨地盯著時鐘的指針。

「就算只有一、兩天也無所謂，如果只有我們兩個人的話，那該有多好。」我們經常這樣講。雖然明知不可能，卻不由自主地做著這樣的夢。

終於，有一天，實現夢想的機會來了。日高因為工作要到美國出差一個禮拜，就他和編輯兩個人去，初美留下來看家。

我心想，這樣的機會千載難逢。初美和我興奮地討論，如果眞的只有我們兩人的時候要做些什麼，於是我們決定去沖繩旅行。我已經找好旅行社，甚至連訂金都付了，就算只有幾天也無所謂，能夠像夫妻一樣地相處，對我們而言，就像是神話一樣。

不過，滿心的期待到頭來卻只是一場空。如您所知，我們的沖繩之旅並沒有實現。日高的美國之行臨時取消了，原本好像是爲了某雜誌的企劃，卻在臨行前計劃喊停，詳細的情形我不是很清楚。日高似乎很失望，不過相較於我們，那可眞是小巫見大巫。

一場美夢活生生地被打碎了，然而我想跟初美在一起的慾望卻更甚以往。即使才剛見面，卻在分手後的下一秒又希望能馬上見到她。

可是，她來找我的次數卻從那時起明顯減少了。我得知理由後，整個臉都發白了，初美說，日高可能已經發現我倆的關係。接著，她更進一步講出我最害怕的那句話。她說：「我們分手吧！」

「要是讓他知道我們的關係，他一定會報復，我不想讓你惹上麻煩。」

「我沒有關係，只是……」

只是我不能讓她跟著受苦。按照日高的個性，他是不可能輕易簽下離婚協議書的。話雖如此，我卻無法想像要和初美分手的情況。

在那之後，我不知煩惱了幾天。我把教書的工作拋在一邊，苦苦尋思解套的方法，終於我決定了。

你應該已經知道了吧？不，既然加賀刑警已經完全猜到，我根本沒必要再次多做強調——我決定把日高殺了。

我寫得這麼乾脆，或許會讓人覺得奇怪。不過，老實說，我沒猶豫多久就做出了這樣的結論。坦白講，在這之前，我就一直期盼日高能夠死去。我不容許日高把我心愛的初美當作是自己的財產。人眞是自私的動物啊！明明是我搶奪他的妻子，卻還有這樣的想法。不管怎樣，爲了這個原因，我不敢說我沒有用自己的雙手結束他生命的念頭。

當然，對於我的提議，初美堅決反對。她甚至流著眼淚，要我不要犯下這麼嚴重的罪行。然而，她的眼淚卻教我更加瘋狂，我激動地表示，除了殺死日高以外，已經沒有第二條路可走。

「妳什麼都不用擔心，這全是我個人的行爲。就算我失敗了，甚至被警察抓去，我也絕對不會連累妳的。」我這樣跟她說。你大可指責我，罵我被愛沖昏了頭，我無話可說。

或許知道我心意已決，又或許瞭解除非這樣，否則我們無法在一起，初美終於下了決心，甚至說要幫忙。我不想讓她遭逢任何危險，不過她非常堅持，不肯讓我獨自一人冒險。

就這樣，我們計劃著如何殺死日高。雖說計劃，卻不怎麼複雜，我們打算把它做成強盜入侵的樣子。

然後，十二月十三日那天來了。

深夜，我闖入日高家的院子，當時我穿的服裝，加賀刑警已經知道了。是的，黑色的褲子配上黑色的夾克。我原本應該蒙面的，如果這麼做，之後的情勢將完全逆轉。不過，那時我並沒想到要把臉遮起來。

日高工作室的燈熄滅了，我小心翼翼地觸摸著窗沿，窗戶沒有上鎖，毫不費力地就打開了，我屏住呼吸爬進屋內。

房間一隅的沙發上，日高正躺在那裡。他面朝上，閉著眼睛，發出均勻的呼吸聲。

隔天他有一件工作要交，所以今晚得一整夜都窩在工作室裡。這點我已經跟初美確認過了，這也是我們選擇今夜下手的原因。

在此，我有必要說明日高爲何放著工作不做，卻跑去睡覺。因爲初美在消夜裡動了手腳，她放了安眠藥。日高平常就有服用安眠藥的習慣，所以就算解剖時被驗出來，也不用擔心有人起疑。看到日高的樣子，我確信一切都按照計劃進行著——他工作途中突然睡魔來襲，所以躺在沙發休息，初美確認他已經睡著後，就把房間的燈關掉，幫我把窗戶的鎖打開。

說老實話，我個人比較偏好勒斃的方式。用刀子戳刺，光想就覺得恐怖。不過，要假裝成強盜入侵，用刀子當武器會比較有說服力，打算闖入民宅的匪徒一定會帶著比較像樣的凶器。要刺哪裡才能迅速結束他的性命呢？我沒把握，心想還是刺胸好了。這時，爲了握緊刀柄，我脫下一直戴著的手套，想說待會兒再把指紋擦掉就行了。於是，我兩手緊握著刀柄，將它高舉到頭頂。

就在此刻，難以置信的事發生了。

日高睜開了眼睛。

我整個人都愣住了，就這麼舉著刀子，一動也不動，連聲音都發不出來。

相對於我的愣然，日高的動作倒是十分敏捷。等我回過神來，他已經制服了我，刀子也離開我的手上。我不由得想起，從以前開始，他的運動細胞就一直很好。

「你想幹嘛？爲何要殺我？」日高問道。當然我無法回答他。

於是他大聲叫喚初美，不久，臉色鐵青的初美進入屋內。從日高的聲音裡，她當下就知道發生了什麼事。

「打電話給警察，說是殺人未遂！」日高說道。

不過，初美沒有動作。

「怎麼了？趕快打電話啊！別慢吞吞的！」

「這……這個人可是野野口啊。」

「我知道，不過，這不構成饒恕他的理由，這個男的竟然想殺我。」

「說老實話，我……」

初美想說自己也是共犯，不過，日高卻阻止她說下去：「妳別說廢話！」

聽他這麼說，我就知道了。日高發現了我倆的計劃，於是他假裝睡著，等我來自投羅網。

「喂，野野口！」日高按住我的頭，一邊說道：「你聽過防範竊盜條例嗎？裡面記載著關於正當防衛的事。如果有人懷著不法意圖侵入你家，就算你把他殺了也不會被問罪。你不覺得現在就是那種狀況嗎？就算我現在把你殺掉，也沒有人會說第二句話。」

他那冷酷的語氣讓我不由自主地渾身發抖。我不認爲他眞的會動手殺我，卻可以預見他會給我不亞於此的折磨。

「不過，這樣做就太便宜你了，我也不會感到痛快……看來只好把你送去派出所了……。」說到這裡，他看了初美一眼，陰險地笑了笑，接著又把銳利的目光移回我身上：「這樣對我也沒什麼好處，不管我有多正當的理由可以殺你，把你送進監獄，對我的人生也沒啥作用。」

我搞不清楚他到底想說什麼，只是覺得心裡發毛。

終於，他鬆手放開了我，拿起一旁的毛巾，包住掉落的刀子，將它撿了起來。

「恭喜！今天就先放了你，你趕快從窗戶逃吧。」

我驚訝地看著日高，他正微微地笑著。

「幹嘛一副難以置信的樣子？趁我還沒改變心意之前，你趕快出去。」

「你有什麼打算？」我控制不住顫抖的聲音。

「現在讓你知道就不好玩了。好了，你趕快出去吧。只是……」他讓我看他手上的刀子，「這個我要當作證據留著。」

我心想，那把刀子眞的可以當作證據嗎？雖然那上面有我的指紋。

大概是看出我的想法，日高說了：「別忘了，證據不只這個，還有一樣教你怎麼都抵賴不了的東西，下次也讓你瞧瞧。」

那到底是什麼呢？當場我實在想不出來。我望向初美，她的臉色一片慘白，只有眼眶紅了。人類竟然會有如此的悲容，我從來沒有見過，不，之後也沒再見過。

在完全摸不清日高有何打算的情況下，我踏上了歸途。就此消失好了，同樣的念頭我不知興起多少次。不過，我終究沒這麼做，因爲我心裡掛念著初美。

那件事發生之後，我每天過著提心弔膽的生活。我不認爲日高不會報復，只是不知以何種形式呈現，教我一直害怕著。

當然我沒再到日高家去，也沒跟初美見面，我們只通過幾通電話。

「那天晚上的事，他提都不提，好像已經全忘了。」她這麼說道。不過，日高怎麼可能忘記？他的安靜沉默，反倒讓我覺得更加詭異。

他眞正的報復要等幾個月後才實現，我在書店知道了這件事。加賀刑警應該已經猜到了，沒錯！日高的新作《死火》出版了，那是由我的第一本小說《圓火》改寫而成的。

我想，自己肯定在做噩夢。我怎樣都無法相信，不，應該說不願相信。

仔細一想，或許這就是最好的報復。一心想成爲作家的我，痛苦的心就彷彿被撕裂一般，也只有日高想得出這麼殘忍的方法。

對作家而言，作品就好像是自己的分身，說得簡單一點，那就像是自己的小孩。而作家愛著自己的創作，就好像父母愛著自己的孩子一樣。

我的作品被日高偷走了。一旦他以自己的名義發表後，在人們的記憶裡，《死火》將永遠是日高邦彥的作品，文學史上也會這麼記載。只有我出聲抗議才能阻止這種情形，不過，日高早已預見，我絕對不會這麼做。

沒錯，即使受到這樣的對待，我也只能忍氣吞聲。若我向日高抗議，他必定會用這句話堵我吧？

「如果你不想坐牢的話就閉嘴。」

也就是說，如果我想揭發作品被竊的事，就得覺悟自己潛入日高家、想要殺害他的事也會跟著曝光。

有好幾次，我想跟警方自首，順便告訴他們《死火》抄襲我的《圓火》。實際上，我甚至已經拿起話筒，想打電話給當地的警察。

不過，我還是放棄了。當然，我害怕以殺人未遂的罪嫌被逮捕，但更教我害怕的是，初美會被當成共犯牽扯進來。日本的警察都很優秀，就算我堅持全是我一人所爲，他們也會追根究柢找出證據。沒有她的幫忙，事情怎能順利進行？不，在這之前，日高就不會放過她。不管怎樣，她都不可能無罪開脫。雖然我每日深陷絕望深淵，卻依然希望只要初美過得幸福就好。看到這裡，警方一定會苦笑地想，都這時候了，還逞什麼英雄？我承認，我是自我陶醉了點。可是，若不是這樣，我怎能挨過那段痛苦的日子？

那段時間裡，就連初美也想不出話來安慰我。有時她會趁著日高不注意的時候打電話過來，不過，電話兩頭除了令人窒息的沉默外，我們能說的也只有哀傷、無意義的話語。

「我沒想到他會做出這麼過分的事，他竟然把你的作品……」

「沒辦法，我什麼都不能做。」

「我覺得對不起你……」

「與妳無關，只能怪我太蠢了，自作自受。」

就是這樣。就算和心愛的人講話，也無法讓我開朗起來。我感到無比絕望，情緒盪到谷底。諷刺的是，《死火》一書大受好評。每次看到報章雜誌談論這本書的時候，我的心如刀割。作品獲得肯定，讓我覺得很高興，但下一刻，我就跌回現實——被褒揚的人不是我，而是日高。他不但因此成爲話題人物，甚至還獲得頗具公信力的文學大獎。當他志得意滿地出現在報紙上的時候，你可以想像我有多懊悔吧？好幾個夜晚，我失眠了。

就這樣，我鬱鬱不樂地過著日子，有一天，玄關的門鈴響了。透過門孔向外望，我的心臟突然猛烈地跳動，站在那裡的人竟是日高邦彥！自從我闖入他家以來，這是我們第一次碰面。那一刻，我想假裝自己不在家。我恨他竊取我的作品，但另一方面，卻也對他感到愧疚。

逃避也不是辦法，我心一橫，打開了門，日高掛著淺淺的微笑站在哪裡。

「你在睡覺嗎？」他問，因爲我穿著睡衣。這天是禮拜天。

「不，我已經起來了。」

「是嗎？沒吵到你睡覺就好。」他一邊說，一邊往門內窺探。「可以打擾一下嗎？我想跟你談談。」

「好是好啦，不過屋裡很亂。」

「無所謂，又不是要拍藝術照。」

成了暢銷作家，拍照的機會也多了是嗎？何必來此炫耀。

「倒是，」他看著我，「你也有話想跟我說吧？肯定有很多話。」

我沉默不語。

我們往客廳的沙發走去，日高好奇地四處打量。我有點緊張，不知哪裡還留存初美的痕跡。初美的圍裙已經洗好，收進櫃子裡了。

「就一個單身漢來說，你這裡還蠻整齊的嘛！」他終於說話了。

「是嗎？」

「還是……有人會過來幫你打掃？」

聽到這句話，我不自覺地看向他，他的嘴角依然掛著一抹冷笑，顯然地，他是在暗示我和初美的關係。

「你說有話要談，是什麼？」我無法忍受這種令人窒息的氣氛，催促他趕緊表明來意。

「唉，幹嘛這麼心急？」他抽著菸，聊起最近轟動一時的政治貪瀆事件。這樣慢慢地戲弄我，他肯定覺得很有趣吧？

終於，我的忍耐到達極限，正當我想要發作的時候，他以事不關己的口吻說道：「對了，說起我那本《死火》……」

我不自覺地挺直背脊，期待著他接下來要講的話。

「雖說湊巧，但我還是得因它和你作品的雷同說聲抱歉。你那本書叫什麼來著？《圓火》……記得好像是這個名字。」

我雙眼圓瞪，凝視著日高鎮靜地說出這話的表情。湊巧？雷同？如果那不叫抄襲的話，乾脆把這兩個字從字典裡刪掉好了。我拚命忍住想脫口而出的衝動。

他馬上接下去講：「不過，光解釋爲湊巧似乎也不太對。怎麼說呢？我在寫《死火》的時候，因爲讀到你的作品，或多或少受到了影響，這點我無法否認。或許某些根植在潛意識的部分，正好被你的作品給引發出來了。作曲家不是常會碰到這樣的情況嗎？自己在無意識的情況下，竟然做出與別人相似的曲子。」

我一聲不吭，靜靜地聽他講。這時我忽然有個很奇怪的想法，這個男的眞以爲我會相信這番鬼話？

「不過，這次的事情，你沒有追究，眞是太好了。畢竟我倆不是不相干的陌生人，還有過去的情份在吧？你沒做出衝動的事，保持成熟理性的態度，對彼此都好。」

我心想，這才是他眞正想說的話吧？不要輕舉妄動是正確的，今後也請你把嘴巴閉好，別再提起這件事，這樣，我也不會把你殺人未遂的事說出去……

接著日高開始說些奇怪的話。

「現在開始才是重點。」他翻起眼睛盯著我的表情，「就像我剛剛講的，因爲種種要素的結合，產生了《死火》這部作品。這部作品受到很多人的喜愛，進而換來文學大獎的殊榮。這樣的成功如果只是曇花一現的話，未免太可惜了。」

我清楚地知覺血液正從我臉部流失，日高打算故計重施！就像《死火》改寫自《圓火》一樣，他打算再次以我的作品爲草稿，當成自己的新書發表。話說回來，我還有一本小說寄放在他那裡。

「這次你打算抄襲那個是嗎？」我說。

日高皺起了眉頭。「我沒想到你會用那種字眼，抄襲？」

「反正這裡又沒有別人，沒關係吧？不管你如何狡辯，抄襲就是抄襲！」

我出言激他，他卻一臉祥和，面不改色地說道：「你好像不是很瞭解抄襲的定義。如果你有《廣辭苑》的話，不妨查查看。那裡面是這麼寫的：抄襲——擅自使用別人的部份或全部作品。哪，你聽得懂我的意思吧？未經許可的使用才是抄襲，如果不是那樣的話就不叫抄襲。」

我在心中暗自駁斥，《圓火》正是被你擅自盜用了。

「你打算再次把我的作品當作草稿來創作小說，卻要我裝聾作啞是嗎？」

聽我這麼一說，他聳了聳肩。「你好像有點誤會了。我打算和你做一筆交易，而交易的條件對你而言，肯定也差不到哪裡去。」

「我知道你要講什麼。你的意思是只要我對抄襲的事睜一隻眼、閉一隻眼，你就不會向警察告發那晚的事吧？」

的。」

「你不要那麼衝嘛！我不是已經講過，那晚的事我不追究了嗎？我所講的交易是更具前瞻性

這種事還有前瞻和後瞻的分別嗎？我心想。然而，我還是一語不發，盯著他的嘴角。

「哪，野野口，我覺得你是有成為作家的才能啦。不過，這和能否成為作家完全是兩回事；再進一步講，能不能成為暢銷作家也和才能沒有關係，要達到那個地步，得靠點特別的運氣才行。那就彷彿是個幻想，若有人企圖摘取它，只會大失所望而已。」

在講這番話的時候，日高的表情看得出有幾分認真。或許他自己就曾經歷過銷售量不如預期的痛苦時期。

「你一直以為《死火》之所以成功，是因為你的故事很精采是吧？當然這無可否認，不過光有這個是不夠的。講難聽一點，如果這本書不是用我的名字而是用你的，你猜會怎樣？作者的名字印上野野口修的話，會有什麼結果？你有什麼看法？」

「這種事沒做過又怎麼知道。」

「我可以肯定絕對不行，這本小說將會為世人所忽略，你只會感到空虛，就好像往大海投入小石子一般。」

他的論調十分偏激，但我卻無從反駁。關於出版界，我還是有些基本常識的。

「所以，你就用自己的名字發表了？」我說：「你是說你這樣做是正確的，是嗎？」

「我要說的是，對那本書而言，作者不是野野口修而是日高邦彥，是幸福的。如果不是這樣的話，它不會被這麼多人閱讀。」

「這麼說來，我還得感激你呢！」

「我完全沒有這個意思，我只是說出眞相罷了。任何作品要受到推崇，得有一大堆麻煩的條件配合才行。」

「這不用你說我也知道。」

「如果你知道的話，那應該也可以理解接下來我要講的話吧？我的意思是，今後你就是作家日高邦彥。」

「你說什麼？」

「你不要這麼驚訝嘛！這又沒什麼大不了。當然我還是日高邦彥，你只要把日高邦彥想成書籍的販售商標，不是人名就可以了。」

我總算聽懂他想說什麼了。

「簡單的說，你是要我做你的影子作家囉？」

「這名詞聽來好像猥瑣了點，我不是很喜歡，」日高點頭後繼續說道：「不過，講明一點是這樣沒錯。」

我惡狠狠地盯著他瞧：「這種話，眞虧你說得出口。」

「我無意冒犯，剛剛我也講了，這對你也絕對不是什麼壞事。」

「沒有比這更壞的事了。」

「你先聽嘛！如果你肯提供作品給我，那出單行本的時候，我可以給你四分之一的稿費，這還不壞吧？」

「四分之一？真正寫書的人連一半都拿不到？這眞是很不錯的條件啊。」

「那我問你，如果用你的名字出書的話，你以爲能賣掉多少？會超出以日高邦彥的名義賣出的四分之一嗎？」

被他如此質問，我不知道該怎麼回答。假設以我的名義出書的話，不要說四分之一了，恐怕連五分之一、六分之一都不到吧？

「總之，」我說：「我不打算爲錢出賣自己的靈魂。」

「你的意思是不答應囉？」

「當然！」

「噢，」日高露出意外的神色，「我眞沒想到你會拒絕我。」

他那冷冷的語氣讓我不寒而慄。他臉色一變，眼底透著陰險的光芒。

「我本想說不要撕破臉的，不過你沒這個共識，我也沒有辦法。我也不用一直跟你客氣了。」

說完後，日高從身邊的包包裡拿出一個方形包裹，放到桌上。「這個我放在這裡，等我回去後，你再一個人慢慢看。看得差不多了，記得打電話給我，希望那時你已改變心意了。」

「這是什麼？」

「看了就知道了。」日高起身準備離開。

他走了之後，我打開包裹，裡面有一卷ＶＨＳ的錄影帶。這時候，我還沒明瞭過來，只是心中有一種不祥的預感。我把帶子放進錄放影機裡。

加賀刑警應該已經知道了吧？螢幕上出現的是日高家的庭院。看到畫面斜下方所顯示的日期，我的心宛若瞬間結凍一般。那天正好是我計劃刺殺日高的日子。

終於，一個男的出現在鏡頭前。他全身黑衣打扮，努力不引起別人的注意，不過，他的臉卻被拍得一清二楚。眞該死！那時爲何沒想到要蒙面呢？

任誰都可以一眼認出，侵入者是一名叫做野野口修的男子。這個愚蠢的男人完全沒有意識到攝影機正對著他，躡手躡腳地打開面向庭院的窗戶，潛入日高的工作室。

錄影帶只拍到這裡，不過，卻已足夠成爲充分的證據。假設我否認殺人未遂好了，那當警察問我爲何要潛入日高家的時候，我要怎麼回答呢？

看完錄影帶後，我精神恍惚了好一陣子。腦海裡不斷響起，殺人未遂的那晚日高曾經講過的話：「別忘了，證據不只這個，還有一樣教你怎麼都抵賴不了。」他說的就是這卷錄影帶吧。

正當我不知該如何是好的時候，電話鈴響了，是日高打來的。他好像一直在監視我似的，時機剛剛好。

「看了嗎？」他問。他的聲音聽起來好像覺得很有趣。

「看了。」我簡短地回答。

「是嗎？覺得怎麼樣？」

「什麼怎麼樣……？」我試著詢問最在意的那件事，「你果然早就知道了。」

「什麼？」

「那晚我會……溜進你的房間，所以你事先就把攝影機準備好了？」

聽我這麼說，電話那頭的他噗哧一笑。「你的意思是，我早就料到你會來殺我？那種事我連作夢都想不到呢！」

「可是……」

「該不是，」他不讓我說下去：「你自己和誰講了吧？說你某日某時要來殺我。如果眞是這樣，難保隔牆有耳，被我不小心聽到了也說不定？」

我警覺到日高想要讓我說出初美是共犯的事實。不，講正確一點，他知道絕對無法從我口中套出初美和我的事，於是他假裝我已經說了。

見我無話可答，他繼續說道：「我會裝攝影機的原因，是因爲那陣子經常有人到院子搞破壞，我是爲了嚇阻對方才裝的。所以，會拍到那種畫面，我連作夢也想不到呢。現在，我已經把攝影機拆了。」

他說的話，我一句也不信。不過，現在再說什麼都太晚了。

「然後呢？」我說：「你讓我看這卷錄影帶，是要我做什麼？」

「這種事還要我講得這麼白，你這不是裝傻嗎？容我提醒你一句，那卷帶子是拷貝的，母帶還在我手裡。」

「你這樣威脅我，就算我勉強答應爲你捉刀，也寫不出像樣的作品。」

話一出口，我就後悔了。這擺明了，我已經屈服於他的脅迫。不過，我無力與他對抗也是不爭的事實。

「不，你一定可以做得很好的，我相信你。」日高一副勝券在握的樣子。對他而言，總算是突破障礙了吧？

「我再跟你聯絡。」說完後他就掛了電話。

之後的日子，我彷彿行屍走肉般地活著。我不曉得自己今後會怎麼樣。我照常到學校上班，不過，可以想見的，課上得一蹋糊塗。恐怕連學生都有怨言了吧？我甚至被校長叫去責罵了一頓。

然後，偶然之中，我在書店看到了。某小說雜誌一舉刊載了日高的小說，是他得獎後的第一部作品。

我以無法控制的顫抖雙手迅速翻看那篇小說。這中間我感到一陣暈眩，幾乎就要昏倒在書店裡。不出所料，這本小說是以我交給日高的第二本作品為藍圖所寫成的。

我陷入無比絕望的困境。每天都在想，那個殺人未遂的夜晚，自己是多麼的愚蠢啊！我思量著，乾脆找個地方躲起來算了。不過，我連這樣的勇氣都沒有。就算我遠走他鄉讓日高找不到我，也別想更動戶籍，否則就不可能找到像現在一樣的教職，那我要以何維生呢？身體瘦弱的我，沒有自信可以從事勞動的工作。我第一次深刻地體會到自己缺乏謀生能力的事實。更何況，我心裡惦記著初美。她又懷著怎樣的心情，待在日高的身邊？一思及此，我就痛徹心扉。

不久，日高得獎後的第一部作品也出了單行本，銷售的狀況十分不錯。每次只要看到它擠進暢銷書排行榜，我的心情就很複雜。極度悔恨之中又摻雜了那麼一點驕傲。平心而論，倘若以自己的名義出書，確實不可能賣得這麼好——這點我不是沒有冷靜分析過。

這之後又過了幾天，某個星期日，日高再度登門造訪。他大搖大擺地走進我的屋子，像往常一樣，一屁股坐到沙發上。

「這是我答應你的。」他邊說邊將一個信封袋放到桌上。我伸手去取，往裡一看，是一疊鈔票。有兩百萬日幣，他說。

「什麼意思？」

「什麼意思？我沒別的意思。我只是把賣書的錢拿來給你，按照我們的約定，四分之一。」

我驚訝地瞪著信封裡的鈔票，搖了搖頭：「我說過不出賣靈魂的。」

「你別大驚小怪，只要把它想成是我倆共同合作就行了。這種合作關係現今也不少見，領取報酬是你應得的權利。」

「你現在做的，」我看著日高說道：「就好像把婦女強暴後，再給人家錢一樣。」

「不一樣。」

「哪裡不一樣？」

「沒有女人被強暴了，還默不吭聲，而你倒是一點動靜都沒有。」

日高說的話雖然無情，卻讓我毫無辯駁的餘地。

「總之，這個錢我不能拿。」我好不容易擠出這句話，把信封推了回去。

日高只是看著信封，並沒有動手收回的意思。他說，那就先放在這裡好了。

「老實說，我來是想跟你商量以後的事。」

「以後的事？」

「講具體一點，就是接下來的作品。某月刊決定要連載我的小說，我想跟你談談，要寫些什麼東西。」

他講話的語氣，好像已經把我定位成他的影子作家了。而我只要稍有不從，他就會馬上抬出那卷錄影帶的事吧。

我堅決地搖頭。「你是作家，應該也瞭解，以我現在的精神狀況，根本想不出任何小說的架構。你要求我做的事，不論在身體或精神上而言，都不可能辦到。」

不過，他毫不退讓，說出了我想都想不到的話。

「現在就要你馬上寫出來，是強人所難了點。不過，要你把已經完成的故事奉上，應該沒那麼難吧？」

「我沒有已經完成的故事。」

「你別矇我。你在編小報的時候，不是寫過好幾則故事嗎？」

「啊，那個……」我尋思搪塞的藉口，「那個已經沒有了。」

「騙人。」

「是眞的，早就處理掉了。」

「不可能，寫書的人肯定會在哪裡留著自己的作品。如果你硬要說沒有，那我只好搜上一搜。不過，我想我沒必要翻箱倒櫃地找，只要看看書架、抽屜，應該就夠了。」於是他站了起來，往隔壁的房間走去。

我慌了，因爲正如他所料，練習用的大學筆記就擺在書架上。

「請等一下！」

「你打算老實拿出來了吧？」

「……那個發揮不了什麼效用。學生時代寫的東西，文筆粗糙、結構鬆散，根本沒辦法成爲給成人閱讀的小說。」

「這由我來判斷，反正我又不是要成品，只要是璞玉就行了，我會負責把它琢磨成可賣的商品。《死火》不就是經過我的加工，才成爲留名文學史的佳作？」日高自信滿滿地說道。剽竊別人的創意，竟然還可以如此自誇，這點我怎樣都無法理解。

我請日高在沙發上稍坐一下，自己進入隔壁房間。

書架的最高一層，擺著八本陳舊的大學筆記，我從其中抽出一本。就在這個時候，日高進來了。

「我不是叫你等一下嗎？」

對於我的話，他沒有任何回應，一把搶過我手中的筆記，迅速翻看其中的內容。接著，他的目光停留在書架上，二話不說，就把所有筆記全抽了出來。

「你別耍花樣。」他奸詐地笑著，「你拿的那本只不過是《圓火》的初稿吧？你打算用這個矇混過去？」

我咬著唇，低下頭。

「算了，總之這些筆記我全借了。」

「日高，」我抬起頭對著他講，「你不覺得可恥嗎？你得借別人學生時代的稿子才能寫下去，是因爲你的才能已經枯竭了嗎？」

這是我當時所能做的最大攻擊了。我心想，不管怎樣，我都要反擊回去。而這些話好像眞的起了作用，日高雙目充血地瞪著我，一把揪住我的衣領。

「你連作家是什麼都不知道，別說大話！」

「我是不知道，不過我有資格這樣講，如果一個作家落到這種地步就太可悲了。」

「是誰一心嚮往成爲作家的？」

「我已經不嚮往了。」

聽我這麼說，他鬆開了手。「這才是正確的。」撂下這句話後，他轉身步出房間。

「等一下，你有東西忘了。」我拿起裝著兩百萬的信封，追上了他。

日高看了看信封，又看了看我，最後他聳聳肩，把東西收了回去。

之後，又過了兩、三個月，日高的連載在某雜誌開始了。我讀了作品，發現那又是出自我筆記的某篇稿子。不過，這時的我應該說是已經死心了呢？還是有了某種程度的覺悟？總之，我不再像以往那麼驚訝了。我甚至想，反正自己已經放棄成爲作家，不拘何種形式，只要自己想出的故事能讓世人閱讀就好了。

初美依然不時和我聯絡。她訴說著對丈夫的不屑，不停地向我道歉。她甚至還說：「如果野口先生覺得向警方自首，坦承意圖殺害那個人的事會比較好的話，不用顧慮我也沒有關係。只要和你在一起，我隨時都做好被責罰的準備。」

初美已經察覺，我之所以任由日高予取予求，是因爲不想連累到她。聽到她這番話，我高興得要流下淚來。因爲我眞實地感受到，就算無法見面，我們的心還是緊密地連在一起。

「妳不用考慮這麼多，我會想辦法的，肯定還有其他的出路。」

「可是，我對不起你……」她在電話那頭哭泣著。

我繼續講些安慰她的話，可是，老實說，今後要怎麼辦，我一點主意都沒有。雖然我嘴裡說一定會有辦法，卻痛切地感受到那是自欺欺人的。

只要一想起這段往事，悔恨就一直折磨著我。爲何當初我不照她講的去做？我很清楚，如果我們兩個去自首的話，今後的人生將會完全不同。可是，至少我不會失去這世上最寶貴的東西。你應該已經知道我說的是什麼了吧？沒錯，初美死了。那像噩夢一樣的一天，我永遠都忘不了。

我是從報紙得知了消息，因爲她是知名作家的妻子，所以報導也比一般的交通事故來得詳盡。

雖然我不知道警方是怎麼調查的，不過報紙並未對這是起單純意外的說法產生懷疑。後來，我也沒有聽說有任何其他的解釋。不過，從聽到消息以來，我就一直堅信，那絕對不是意外。她了結了自己的生命。至於動機，應該不用我特地寫出來吧？

仔細一想，或許是我害死了她。如果不是我昏了頭，意圖殺害日高的話，就不會發生這樣的悲劇。

這叫做虛無吧？那段時間，我只是具行屍走肉，我連跟隨她自殺的力氣都沒了。身體的狀況不好，經常向學校請假。

初美死後，日高依然繼續工作。除了以我的作品爲小說的初稿外，他好像也發表自己原創的作品。至於哪一方的評價比較高，我不是很清楚。

我收到他寄來的包裹，是在初美過世後的半年。大大的信封袋裡，放入三十枚左右的Ａ４紙張，是從文字處理機列印出來的。

最初我以爲那是本小說。不過，在閱讀的過程中，我瞭解到根本不是那一回事。那是初美日記和日高獨白的結合體。日記的部分，初美深刻地描寫，她如何與化名Ｎ（即我）的男子陷入情網，並共同謀策殺害親夫的計劃。另一方面，日高獨白的部分則淡淡陳述，未察覺妻子已然變心的丈夫的悲哀。然後，那起殺人未遂事件發生了。到這裡爲止，寫的幾乎都是事實，不過，很明顯的，之後是日高自己編的。故事演變成初美深自懊悔，請丈夫原諒自己的過錯。日高花了很多時間與她長談，決定兩人重頭開始。可是，就在這個時候，初美遭逢了交通事故，這本莫名其妙的書以她的葬禮爲結尾。或許讀者看了，會覺得感人肺腑也說不一定。

而我則目瞪口呆。這是什麼？我心想。然後，那天晚上，日高打了電話過來。

「你讀了嗎？」他說。

「你打算怎樣？竟然寫那種東西。」

「我打算下個禮拜把它交給編輯，應該下個月的雜誌就會登出來了。」

「你是認眞的嗎？你這麼做，不怕導致嚴重的後果？」

「或許吧。」日高異常冷靜，反倒使我更加害怕。

「如果你讓這種東西登出去，我就把眞相講出來。」

「你要說什麼？」

「那還用問，當然是你抄襲我的作品。」

「哦？」他一點也不緊張。「誰會相信這種鬼話？你連證據都沒有。」

「證據……？」

我忽然醒悟，筆記已經被日高搶走，想要拿它作爲日高抄襲的證明已經不可能了。接著我又想到，初美死了，這代表著唯一的證人也死了。

「不過，」日高說：「這篇手記也不是非得現在發表不可，我們可以再商量。」

他想說什麼，我終於有點懂了。果不其然，他說：「五十張稿紙。如果有這樣現成的小說，我倒是不介意拿它交給編輯。」

這才是他的最終目的，他設計好圈套，讓我怎樣都無法拒絕幫他代寫。而我眞的束手無策，爲了初美，這樣的手記說什麼也不能讓它流出去。

「什麼時候要寫好？」我問。

「下個禮拜日以前。」

「這是最後一次吧？」

他沒有回答我的問題，只說「你完成後馬上通知我。」就掛斷了電話。

嚴格來說，就是從這天起，我正式成爲日高邦彥的影子作家。這之後，我先後幫他寫了十七篇短篇小說，三部長篇小說。被警察查封的那些磁片裡，存的就是這些作品。

加賀刑警或許會覺得不可思議，難道眞的沒有方法可以反抗？或許他會產生這樣的質疑吧？不過，老實說，我已厭倦和日高打心理戰了。只要我按照他的吩咐把小說寫好，他就不會把我和初美的過去公諸於世，這樣對我來說反而比較輕鬆。說也奇怪，經過兩、三年後，我和日高眞的成爲合作無間的夥伴。

他會介紹專出童書的出版社給我，也許是因爲他自己對兒童文學不感興趣。不過，對我，他或許也有這麼一點愧疚？有一次，他跟我講了這樣的話：「等到下次的長篇寫完，我就放了你，我們的合作關係就此結束。」

「眞的嗎？」我懷疑自己的耳朵。

「眞的。不過，你只可以寫兒童小說，不准來搶我的飯碗，知道嗎？」

我眞的以爲自己在作夢，總算可以自由了！

後來我多少猜到，日高的轉變和他與理惠的婚事有關。他們打算移居溫哥華，而日高也想藉此機會，跟從前的墮落劃清界線吧？

新婚的夫妻滿心期待前往溫哥華的那天趕快到來，而我的迫不及待恐怕更甚於他們。

終於，那一天來了。

那天我拿著存有《冰之扉》原稿的磁片，前往日高家。這應該是我最後一次直接拿磁片給他。他到加拿大以後，我要送稿子就得用傳眞的，因爲我沒有電腦的通訊設備。而《冰之扉》的連載一結束，我們的關係也會隨之破滅。

從我手裡接過磁片的日高，興高采烈地說著溫哥華新居的事。我敷衍地聽完後，提出自己此行的目的。

「對了，之前的那些東西呢？我們講好今天要還我的。」

「之前的東西？是什麼呢？」明明沒有忘記，但不這樣逗你，他就不痛快——這就是日高的個性。

「筆記本，那些筆記啊！」

「筆記？」他裝蒜似地搖了搖頭，接著「啊」一聲地點了點頭：「那些筆記呀，我忘了。」

他打開書桌的抽屜，從裡面取出八本老舊的大學筆記。沒有錯，那是他從我這裡奪去的東西。

我緊緊抱著失而復得的寶貝。只要有這個在手，就能證明日高抄襲我的作品，而我就能和他處在對等的關係。

「你好像很高興呢。」他說。

「還好啦。」

「不過，我在想，你要那些筆記有何意義？」

「意義？應該有吧？這可以證明你曾發表的那些小說，是以我的作品爲原型所寫的。」

「是嗎？不過反過來解釋也通吧。也就是說，我也可以想成，那些筆記的內容，是你看了我的作品後才寫的。」

「你說什麼？」我覺得一股寒意穿透背脊。「你想藉此矇混過去嗎？」

「矇混？到底是誰在矇混啊？不過，要是你把這些東西拿給第三者看的話，我也只好這麼說了。你說，第三者會相信誰的話？算了，我不想爲了這個跟你爭辯。只是，你若以爲取回筆記，會讓你在我面前稍佔優勢的話，我想那是你的錯覺。」

「日高，」我瞪著他，「我不會再幫你捉刀了，我替你寫的小說……」

「《冰之扉》是最後一本，對吧？這事我知道了。」

「那你為何還講那樣的話？」

「沒什麼特別的理由啊，我只是想說你我的關係不會有任何的變化。」

日高的嘴角浮現一抹冷笑，這讓我確定了一件事。這個男人沒打算放過我，一旦有需要的話，他還會再利用我。

「錄影帶和刀子在哪裡？」我問他。

「錄影帶和刀子？那是什麼？」

「你別裝了，就是那晚的刀子和錄影帶啊。」

「那些我好生保管著，放在只有我知道的地方。」

日高這麼說的同時，房外有人敲門，理惠走了進來，告知藤尾美彌子來訪的事情。

原本應該是不想見的人，日高卻說要見她，他這樣做，只是想把我打發走。

我隱藏起內心的憤怒，跟理惠道別後，走出了玄關。在筆記裡，我寫理惠一直送我到大門口，然而，正如加賀刑警所指出的，事實上只送到玄關而已。

步出玄關後，我又折回庭院，往日高的工作室走去。然後我就蹲伏在窗底下，偷聽他和藤尾美彌子的談話。不出所料，日高只能勉強敷衍她。那女子質疑的《禁獵地》一書，全是我寫的，日高根本沒辦法做出任何具建設性的提議。

終於藤尾美彌子一臉不耐地回去了，不久理惠也離開了家，最後連日高也走出了房間，他應該是去上廁所吧？

我心想，這是千載難逢的機會。一旦錯過今天，恐怕以後再也沒辦法從日高的魔掌逃脫了。我有了一定的覺悟。

窗戶沒有上鎖，多幸運！我偷偷地躲在門後面，等日高上完廁所回來，手裡緊握著黃銅紙鎮。

我想之後的事不用我多說了。我一等他進入屋裡，二話不說就往他頭頂敲去，他立刻就昏倒了。不過，我不確定他死了沒有，爲求保險起見，我又用電話線纏住他的脖子。

後來發生的事，就如加賀刑警所推理的。我利用他的電腦，製作不在場證明。我得承認，這個技倆是我之前寫兒童偵探小說時，早就想好的。你想笑就笑吧，就像字面上寫的，那確實是騙小孩的技倆。

即使如此，我還是希望自己的罪行不要被發現，同時，我也希望數年前的殺人未遂事件不會曝光。我請理惠一等到日高的錄影帶從加拿大寄回來，就馬上通知我，也是爲了這個。

可是，加賀刑警一一挖掘出我的祕密。老實講，他那敏銳的推斷力，讓我十分痛惡。當然，就算我恨加賀刑警也於事無補了。

就像我一開始所寫的，在得知證據之一的錄影帶藏在挖空的《螢火蟲》中時，我非常驚訝。《螢火蟲》是少數日高親手創作的小說之一，內容描寫妻子及情夫共同謀害主角的那段，不用說，是起自於那晚的靈感。看到我從窗口潛入的影像，再和書的內容做一比對，加賀刑警很快就能猜出事情的眞相。就這點來說，我不得不佩服日高的心思縝密。

我想說的全說完了。先前，爲了不讓我和初美的戀情曝光，我怎樣都不肯說出殺人動機，造成警方很大的困擾，不過，如果你們能夠稍稍理解我的心情，那就是我的福氣了。

現在我已準備好接受任何制裁了。

過去之章　其一

加賀恭一郎的紀錄

五月十四日，我前往野野口這三個月以來任職的市立第三國中。當時正值放學時間，返家的學生自校門口蜂湧而出。操場上一名看似田徑隊員的男子，正用鐵耙整理著沙地。

我走向總務處的窗口，報上姓名，表明自己想與熟識野野口的老師談談。女職員與上司商量後，站了起來，往教務處去了。她去的時間比我想像得久，正感不耐之際，我猛然想起學校就是這樣的地方。等了大約二十分鐘，終於有人領我到會客室去。

身材矮小的江藤校長以及教授國文的男老師藤原負責接見我，校長之所以列席，大概是怕藤原老師不小心說錯話，想藉此盯著他吧？

我首先詢問兩人，知不知道日高邦彥被殺害的事。二人皆回答「十分清楚」。他們也知道，野野口是日高的影子作家，因爲一連串的衝突而萌生了殺人動機。看來他們好像反倒從我這裡得到進一步的證實。

當我問到，對於野野口幫人代寫的事，他們有何看法時，藤原老師有點遲疑地說：「我知道他在寫小說，我也曾在兒童雜誌上讀過他的作品。不過，我作夢都沒想到，他竟然會是別人的影子作家，還是那位暢銷作家的……」

「你有親眼看過野野口寫小說的樣子嗎？」

「我沒看過。他在學校裡還得教書，所以我想他應該都是回家後或趁假日時寫的。」

「由此可見，野野口教職的工作還蠻輕鬆的囉？」

「不，他的工作並沒有特別輕鬆。只是他都很早回家，特別是從去年秋天以來，舉凡與學校活動相關的雜務，他都巧妙地避開。他得的是什麼病，我不是很清楚，不過，那個人身體不好也是眾所周知的，所以我們大家也不跟他計較。不過，私底下，他好像就是這樣抽出時間，幫日高邦彥寫小說——這眞是太教我驚訝了。」

「你說他從去年秋天開始就特別早回家，是嗎?關於這個，有沒有什麼具體的紀錄?」

「這個嘛，我們又沒有打卡，不過，我很確定是從去年秋天開始的。像我們國文老師每兩個禮拜都會固定舉辦一次科裡的例會，他連那個都不參加了。」

「他之前沒有類似的行爲嗎?」

「他那個人對工作是沒什麼熱誠啦，不過之前都有參加。」

之後，我又詢問他，對於野野口的人品，他有何看法。

「他很安靜，讓人猜不透心裡在想些什麼，總是一臉茫然地望著窗外。不過現在想起來，他應該也很痛苦吧?我覺得他本性不壞，受到那樣的對待，一時衝動做出無法挽回的事，也是可以理解的。日高邦彥的小說，我也喜歡，還讀過了幾本，可是一想到那些全是野野口寫的，我就有截然不同的感慨。」

我向他們道謝後，離開了學校。

從學校回來的路上，有一間很大的文具店。我進入裡面，拿出野野口修的照片，問櫃檯小姐，這一年來有沒有這樣的客人來過這裡?

她回答說好像看過，但不記得了。

五月十五日，我去見了日高理惠。大約在一星期以前，她搬到位於橫濱的公寓。當我打電話給她的時候，她的聲音聽起來非常憂鬱。這是一定的，她之所以搬家，就是因爲不想再與案件牽扯不清。儘管如此，她還答應和我見面，也許因爲我不是媒體而是警察吧。

她住的公寓附近有個購物中心，我們約在裡頭的咖啡廳碰面。她顧忌媒體，所以要求不要到她家裡。

咖啡店隔壁的時裝店正在做折扣出清，從外面看不見店裡顧客的臉，而恰如其分的吵鬧聲，也正好適合講一些不願給別人聽的話。我們兩人往最裡面的那張桌子走去。

我先問她近況，結果，日高理惠露出了苦笑。

「老樣子，每天過著不怎麼愉快的生活，眞希望能早日恢復平靜。」

「只要扯上刑事案件，總要亂上好一陣子。」

這些話對她好像起不了安慰的作用，她搖了搖頭，語氣嚴厲地滔滔說道：「在這次的刑事案件裡，我們才是眞正的受害者，可世人是怎麼看待我們的？他們把它當作演藝圈的八卦緋聞，甚至有人說我們才是錯的一方。」

關於這點，我無法否認。確實，不管是電視的談話節目，還是周刊的報導，大家比較感興趣的，不是日高被殺害的事實，而是他盜用友人作品的新聞。再加上這其中還牽扯出其前妻的外遇事件，更讓平常與文壇毫不相關的影視記者，也興致勃勃地參一腳。

「不要去管媒體的報導，對妳而言會比較好。」

「當然，我會試著不理，要是不這麼做的話，遲早會瘋掉。可是，討人厭的又不是只有媒體而已。」

「還有什麼？」

「可多著呢，令人討厭的電話和信件來了一大堆，眞不曉得他們是怎麼查到我娘家的，大概是看到媒體報導，知道我已經不住在夫家吧？」

應該是這樣。

「這些事妳和警察說了嗎？」

「我全說了。不過這種事警察也未必解決得了，不是嗎？」

正如她所言，不過，我也不能就此當作沒這回事。

「電話和信件的內容都以什麼居多？」

「什麼樣的都有。譬如說，要我歸還至今爲止的版稅啦，說什麼枉費他們的支持；也有人把信連同外子的著作一起用紙箱寄過來。寫信要求我們退回文學獎的也很多。」

「是這樣啊。」

據我推斷，這些存心攻擊的人應該都是日高邦彥的書迷，眞是文學愛好者的恐怕很少吧？不，說不定，這其中大部分的人從頭到尾就只知道日高邦彥這個名字？這種人儘把自己的快樂建築在別人的痛苦上，還一天到晚注意哪裡有這樣的機會，至於對象是誰，他根本不在乎。

聽到我這麼分析，日高理會也深表認同地點了點頭。

「諷刺的是，外子的書竟意外地賣得很好，這也算是種偷窺的樂趣吧。」

「這世上本來就有千百種人。」

日高邦彥的書賣得好，這我也知道。不過，現在市面流通的都是庫存的部分，出版社那邊好像還沒有要再版加印的意思。我想起反對我影子作家說法的編輯，他們應該也打算再觀望一陣子吧？

「對了，連野野口的親戚也跟我聯絡了。」

她好像不把這當一回事，但我聽了卻訝異極了。

「野野口的親戚？都說些什麼？」

「好像要我把之前著作所得的利益歸還，他們認爲以野野口作品爲草稿的那些書，他們至少有權利可以索取原創費，我記得是他舅舅做代表來談的。」

推舅舅做代表，也許是因爲野野口沒有兄弟，而父母親都已往生的緣故。不過對於他們竟然提出利益歸還的要求，我還是非常震驚，這世上眞是什麼樣的人都有。

「那妳怎麼回他們？」

「我說等和律師談過以後再回覆他們。」

「這樣做是正確的。」

「說老實話，我心裡在想，這到底是怎麼回事？明明我們是被害者，還被犯人的親戚勒索金錢，眞是聽都沒聽過。」

「這個案例是奇怪了點，雖然我對這方面的法律不是很熟，不過我想應該沒有支付的必要。」

「嗯，我也是這樣想。可是，這不是錢的問題。我不甘心的是，在世人的嘴裡，我先生的死成了自作自受、罪有應得。連那個自稱野野口舅舅的人，也一點歉意都沒有。」

日高理惠咬著下唇，顯現出她個性中好強的一面。看來憤怒戰勝了哀傷，那我就放心多了。

如果在這個地方哭起來，可就麻煩了。

「之前我好像也跟您提過，我打死都不相信外子會剽竊他人的作品。因爲每次他講起新作的時候，眼裡總是閃爍著如孩童般的興奮光芒。那讓我覺得，能夠按照自己的心意創作故事，眞的讓他很快樂。」

對於日高理惠的說辭，我只是點了點頭。她的心情我非常能夠瞭解，不過，要我就此出言附和卻辦不到。她大概是讀出我的心思，並沒有繼續說下去，反過來問我有什麼事。

我從上衣的內袋裡拿出一份資料，將它放到桌上。

「可否請妳先看看這個？」

「這是什麼？」

「野野口修的筆記。」

聽我此言，日高理惠明顯表現出不悅的神情。

「我不想看。裡面只是洋洋灑灑地寫著我丈夫是如何欺負他的，對吧？大概的內容，我從報紙已經知道了。」

「你說的是野野口被逮捕後所寫的自白書吧？這個筆記和那個不同。你也知道，野野口在犯案之後，爲了掩警察耳目，特地寫了與事實不符的記錄，這個就是拷貝那個而來的。」

這樣的說明她好像懂了，不過臉上厭惡的表情依然沒變。

「是這樣嗎？那我讀這與事實不符的東西，又有什麼意義呢？」

「請別這樣說，總之妳先看看好不好？頁數不會很多，所以我想應該很快就可以讀完。」

「現在？在這裡？」

「拜託妳了！」

她一定覺得我講的話很奇怪，不過，她沒再問任何問題，伸手把資料拿了過去。

十五分鐘之後，她抬起了頭。

「我看完了，然後呢？」

「有關這份筆記裡不實記述的部分，野野口親口承認的有兩點。首先，描寫和日高邦彥對話的地方，實際上並沒有那麼和睦，他們的應對可說十分地凶險。」

「好像是這樣。」

「其次，之前也曾向妳求證過，野野口走出妳家時的情況。事實上，妳只送他到玄關而已，但他卻在這裡寫著，妳一直送到大門之外。」

「沒錯。」

「還有沒有別的？在妳的記憶裡，有沒有哪個細節跟筆記所描述的內容，有很明顯的差異？」

「你說別的……」

日高理惠露出困惑的表情，目光停在影印的筆記上，接著她不太確定的搖了搖頭。「沒特別不同的。」

「那麼，那天野野口說過的話、做過的動作，有沒有哪一點在這裡沒有提到的？不管是多細微的事都可以。譬如，這中間他有去上過廁所什麼的。」

「我不太記得了，不過那天野野口先生應該沒去過廁所。」

「那電話呢？他有沒有打電話出去？」

「這個……如果是在我先生的房間打的，那我就不知道了。」

日高理惠好像已經不太記得那天發生的事了。這也難怪，野野口登門造訪的那一刻，她根本還不知道這天對她而言將會是特別的日子。

正當我想放棄的時候，她突然抬起了臉。

「啊，倒是有一件事。」

「是什麼？」

「恐怕完全不相干呢。」

「沒關係。」

「那天野野口要回去的時候，有給我一瓶香檳當作禮物。這件事，筆記裡沒有寫。」

「香檳？你確定是那天嗎？」

「絕對沒錯。」

「妳說他回去的時候給的，詳細的情形可否描述一下？」

「藤尾美彌子來了之後，野野口就從我先生的工作室出來。那時他跟我說，他只顧著和日高講話，把送禮的事給忘了，事實上他買了香檳過來，於是他從紙袋把酒拿了出來。他告訴我，這個可以留到今晚在飯店裡喝，所以我就不客氣地接受了。」

「那瓶香檳後來怎樣了？」

「我把它放在飯店房間的冰箱裡。事情發生後，飯店曾打電話過來，我告訴他們，自行處理掉就可以了。」

「妳沒有喝嗎？」

「是的。我本想等外子工作結束後來到飯店，再一起慢慢享用，所以先把它冰了起來。」

「之前曾有過這樣的事嗎？不一定是香檳，野野口經常拿酒當作禮物嗎？」

「更早之前我就不知道了，不過，就我記憶所及，這是第一次，大概是因爲野野口本身不喝酒的關係。」

「是這樣啊。」

野野口自己在自白書上寫著，第一次到日高家訪問的時候帶的是威士忌，那時的事日高理惠當然不知道了。

我繼續問道，還有沒有其他事情是筆記裡沒有記載的？日高理惠很認眞地思索一番，回答說「想不出還有其他的」。接著，她反問我，爲何到現在還在查這種事情？

「一個案件要結案得經過很多繁雜的手續，確認作業也是其中之一。」

對於我的說明，被害者的妻子好像完全相信的樣子。

和日高理惠分別之後，我馬上打電話給事發當晚日高夫婦下榻的飯店，詢問有關香檳的事。雖然花了一點時間，但終於跟記得當時景況的職員聯繫上了。

「我想那是唐．貝利紐（註）的粉紅香檳，一直擺在冰箱裡。因爲那種酒很貴，又還沒開過，

註：唐．貝利紐（Dom Pérignon）為十七世紀的法國修士，因緣際會下製作出美味的香檳，大受歡迎，之後該葡萄園及修道院由Moët and Chandon買下，並以Dom Pérignon為最高級品的品名。

所以我們很謹慎地聯絡了物主，結果物主說要我們自行處理，於是我們就照辦了。」

男性職員的語氣十分客氣。

我問他，後來那瓶香檳怎麼了？飯店職員支支吾吾地，終於承認自己把它帶回家去。

我繼續問他，是否已經喝了？他回答，兩個禮拜前就喝掉了，連瓶子也丟了。

「有什麼問題嗎？」他好像很擔心。

「不，沒有什麼特別的問題。對了，那瓶香檳好喝嗎？」

「嗯，很不錯。」

那名職員聽起來好像蠻愉快的，於是我掛了電話。

回家後，我把野野口潛入日高家的帶子放來看，我拜託鑑識科，特別幫我拷貝了一卷。反覆觀看卻一無所獲，只有無聊的畫面烙印在我的眼底。

五月十六日，下午一點過後，我來到橫田不動產株式會社的池袋事務所。這家事務所的規模不大，正前方是鑲著玻璃的櫃檯，在它後面僅擺著兩張鐵製的辦公桌。

當我進去的時候，只有藤尾美彌子一個人在裡面處理公事，其他職員好像出去了。因此，我沒有約她到外面去談，直接隔著櫃檯就聊了起來。從旁人的眼中看來，大概很像某個形跡可疑的男子正在找便宜公寓吧。

我稍微寒暄了幾句，接著就馬上進入問題的核心。

「妳知道野野口的自白書嗎？」

藤尾美彌子神情緊張地點了點頭：「大概的內容我在報紙上讀過了。」

「妳覺得怎麼樣？」

「覺得怎麼樣？……總之很驚訝就是了，沒想到那本《禁獵地》也是他寫的。」

「根據野野口的自白，他說因爲日高邦彥不是那本書眞正的作者，所以在跟妳交涉的時候，總拿不出明確的態度，關於這一點，你有什麼看法？有沒有什麼要說的？」

「老實說，我不是很清楚。雖然我也覺得和日高談判的時候，總是教他胡里胡塗地矇混過去。」

「妳和日高談判的時候，他有沒有講過什麼話，讓妳覺得身爲《禁獵地》的作者這樣講很奇怪？」

「我想應該沒有這樣的事，不過，我也不是很確定。因爲，我之前根本沒有想過，日高邦彥竟然不是眞的作者。」

「假設《禁獵地》的作者眞是野野口修好了，有沒有哪個地方讓妳覺得確實如此或是無法認同呢？」

「這個恐怕我也無法肯定地回答你。那個野野口和日高邦彥一樣，都是我哥的同學，所以他們都有可能寫那本小說。若是有人告訴我，眞正的作者是個叫做野野口的人，我也只有『喔，是這樣啊』的反應。因爲，我連日高邦彥都不是十分瞭解。」

「這樣說也對。」

看來是沒辦法從藤尾美彌子這裡得到進一步的情報了，正當我這麼想的時候，她突然「啊」

地一聲繼續說道：「如果那本小說眞的不是日高所寫，或許有必要再重讀一遍。怎麼說呢？因爲我一直以爲書中的某個人物就是在寫日高他自己。如果作者並非日高，那麼，那個人物也不會是他了。」

「什麼意思？你可不可以再講清楚一點？」

「刑警先生讀過《禁獵地》了嗎？」

「我沒讀過，不過劇情大概瞭解，我看過其他同事讀完後所寫的大綱。」

「那本小說講到主角的中學時代。主角用暴力使同儕對他屈服，只要看誰不順眼，他就會毫不留情地攻擊對方，套句現在的用語，就是所謂的校園暴力。而在他淫威底下的最大受害者，是班上一名叫做濱岡的男同學。我一直以爲那個叫濱岡的學生就是日高他自己。」

看過大綱，我知道，小說裡有描寫校園暴力的場面。不過，那上面並沒有把詳細的人名寫出來。

「爲何你會覺得那名學生就是日高呢？」

「因爲整本小說是以濱岡這號人物自述過去的方式所寫成的。而且就內容來看，與其說是小說，倒不如說是實況記錄，這讓我相信那名少年就是日高。」

「這樣啊，妳這樣講我就懂了。」

「還有……」一瞬間，藤尾美彌子有那麼一點猶豫，不過她繼續說道：「我在想，日高本身就是曾經有過像濱岡那樣的遭遇，所以才會寫出那樣的小說吧？」

我不自主地望向她的臉。「什麼意思？」

「小說裡，濱岡非常憎恨主導所有暴力事件的主角。我可以感覺到，那股憎恨的情緒漂盪在字裡行間。雖然書裡沒有明白指出，可是濱岡會對曾經折磨自己的男人之死感興趣，明顯地是因爲他心底有著很深的怨恨。少年濱岡就是作者，也就是說日高藉由寫作這本小說，達到向我哥報仇的目的，這是我的解讀。」

我眼睛眨也不眨地盯著藤尾美彌子，爲了報仇而寫小說，這種事我連想都沒有想過。不，打一開始，我們搜查小組就沒注意《禁獵地》這本書。

「不過，按照野野口的自白，這樣講就不通了。」

「沒錯。不過，就像我剛才說的，如果光就作者是小說人物原型的觀點來作考量的話，那不管是日高也好，野野口也罷，結果都是一樣的。不過，長久以來我一直把書中人物和日高的形象重疊在一起，所以一時很難接受另有其人的說法，總覺得哪裡怪怪的。對了，就像小說改拍成連續劇的時候，看到演員的氣質與書中人物的形象不合，總會覺得生氣吧？就是那種感覺。」

「假設是日高邦彥的話，那他和《禁獵地》裡的濱岡在形象、氣質上全都符合嗎？請就你的主觀回答，沒有關係。」

「我覺得好像符合，不過這或許是我個人的先入爲主。因爲，我剛剛也說過了，事實上，我幾乎不瞭解日高這個人。」

藤尾美彌子愼重地，盡量避免講得太過肯定。

最後我問她，關於《禁獵地》一案，她們抗爭的對象從日高邦彥變成了野野口修，今後有什麼打算？

「不管怎樣，先等野野口的判決結果下來後再說吧。」她以冷靜的語氣回答。

關於日高邦彥被殺一案，我至今依然窮追不捨、不肯放手，我想上司看在眼裡不是很高興。犯人已經招認，連親手寫的自白書都有了，何必還四處探問？他會這麼想也是理所當然的。

「還有什麼問題嗎？這一切不是都很合理嗎？」

上司不耐煩地問道。而我自己也找不到理由否認本案件的調查已經告一段落。別的不談，此次很多被視爲重要證據的線索，都是我親手找出來的。

連我自己都覺得沒必要再查下去了。野野口僞造的不在場證明已經被拆穿，他和日高之間的恩怨也已眞相大白。說老實話，我甚至爲自己的工作表現感到驕傲。

我之所以會產生懷疑，是在病房裡幫野野口做筆錄的時候，腦子裡突然迸出某個想法，不過，當時我沒有理它。因爲那個想法太過奇怪，也太超現實了。

不過，就算我能暫時忽略，也無法一直避開，那個古怪的想法在我腦海盤旋不去。說老實話，從逮捕他以來，我就經常有種誤入歧途的不安，如今這種感覺又更加明顯了。

或許是因爲不管就刑警工作或人生歷練而言，我都還很生嫩，所以才會產生這樣的錯覺。這是非常有可能的，可是，我卻一直無法說服自己就此讓案件畫上休止符。

爲求保險起見，我試著重讀野野口修所寫的自白書。結果，我找到了好幾個先前不曾看出的疑點。

一、日高邦彥以殺人未遂的證據爲要脅，強逼野野口幫自己代寫作品。不過，反過來說，如果野野口抱著捨棄一切的覺悟，主動向警方投案的話，那麼日高也會遭受某種程度的損失，說不定會因此斷送作家的生命。難道日高不擔心這個嗎？雖說到最後野野口以不想連累日高初美爲由，沒有去自首，不過，一開始日高邦彥應該沒有把握事情會這麼發展吧？

二、日高初美死後，野野口修依然沒有反抗，是爲了什麼？筆記裡他自述，是因爲懶得和日高打心理戰。不過，在這種心態下，一般人應該會選擇捨棄一切，出面自首才對呀。

三、認眞計較起來，那卷帶子和那把刀子眞的可以作爲殺人未遂的證據嗎？錄影帶拍的只是野野口侵入日高家的畫面，而刀子上也沒有血跡。此外，除了兇嫌和被害者以外，在場的只有共犯日高初美一人。根據初美的證詞，野野口被判無罪的可能性應該也不低才對。

四、野野口寫到自己和日高的關係，說他們變成「合作無間的夥伴」，這種情況下結成夥伴，有可能合作無間嗎？

關於以上四點，我試著向野野口求證，然而他的回答千篇一律，不外是：「或許你會覺得奇怪，不過，事實就是這樣，我也沒有辦法。現在你才來問我爲什麼會那樣做，或爲什麼不那樣做，我也只能說連我自己都不清楚。總之，當時我的精神狀況不是常理可以推斷的。」

野野口要這麼回答，我也沒有辦法。如果是物質層面的東西，我還可以提出反證，偏偏這四點都是心理層面的問題。

此外，還有一個一直讓我覺得不對勁的最大疑問，一言以蔽之，是「個性」的問題。比起我的上司和其他辦案人員，我對野野口要瞭解多了。在我的認知範圍內，這個人的個性和他在自白書裡所講的那些內容，怎樣都湊不起來。

漸漸地，我已無法抽離那突然萌生的奇怪假設。因爲，如果那個假設是正確的，一切的問題都將迎刃而解。

我去見日高理惠，當然有特別的用意。倘若我的推理（嚴格說來，現在只能稱之爲幻想）是正確的，那麼野野口修撰寫事件筆記，應該還有另一個目的。

不過，我從她那裡打探不到任何關鍵性的線索，唯一的收穫就是那瓶香檳，它是否能夠佐證我的推理，現在還不得而知。野野口的筆記裡沒有提到香檳，會不會只是他漏寫了？還是有其他特別的理由？平常不會拿酒做禮物的野野口，那天特地帶了香檳前去，我想這其中應該有特殊的含意，如果眞的有，那會是什麼？

遺憾的是，此時此刻我什麼都想不出來，不過，關於香檳的事，好像有必要先把它存在記憶裡。

我想，我最好重新審視野野口修和日高邦彥的關係。如果我們一開始就走錯了路，那麼必須回到原點，從頭開始才是。

就這點而言，我去見藤尾美彌子是正確的。想要釐清他二人的關係，必須追溯到中學時代，而被譽爲寫實小說的《禁獵地》應該是最好的參考書。

和她見過面之後，我馬上跑去書店，買了一本《禁獵地》，就在回程的電車上開始讀了起來。由於內容和我所知的大綱完全一致，所以讀來比平時都快，只是文學價値什麼的，我仍然一概不懂。

誠如藤尾美彌子所說，這本小說是以濱岡的立場來鋪陳的。故事一開始寫到，平凡的上班族濱岡，某日早晨從報上得知某版畫家被刺殺的消息。於是濱岡想起，被殺害的版畫家仁科和哉正是中學時欺負自己的頭號魔頭。

剛升上國三的少年濱岡，遭受過無數次危及生命的暴力傷害。他被人剝光衣服，全身用透明膠帶捆著，丟在體育館的角落；還有，從窗下走過的時候，會突如其來地遭人從頭上淋下鹽酸；當然，單純的拳打腳踢，甚至言語暴力、刻意排擠也毫不留情地日夜折磨著他。這方面描寫得十分細膩而具眞實感，充滿張力。我能夠瞭解爲何藤尾美彌子會說這不是小說而是實況紀錄了。

小說裡並沒有明確說明濱岡何以成爲眾人欺負的目標，根據濱岡自己的說法，「就好像某天突然被貼上惡魔的符咒一樣」，校園暴力事件就這麼開始了。這可說是古往今來所有校園暴力的共同點。雖然他不想屈服，但漸漸地，內心終被恐怖與絕望所支配。

「令他害怕的，並非暴力本身，而是那些討厭自己的人所散發的負面能量。他從來沒有想像過，在這世上竟然會有這樣的惡意存在。」

這是《禁獵地》裡的一段文字，可說確實表達了被害者的眞實心境。在我擔任教職時，也曾處理過校園暴力事件，受害者面對諸多不合理的壓迫，只有屈服的份。

這些傷害隨著主謀仁科和哉突然轉校而告終。不過，沒有人知道他轉到哪裡去了。傳說仁科強暴了他校的女生，因而被送交管訓，不過這其中的眞假，濱岡他們並不確定。

濱岡的回憶暫時告一段落，但是，後來因爲某些曲折，致使他想要調查仁科和哉的事。描述曲折的部分或許具有某種文學意義，不過我想應該和此次的事件無關。

之後小說的演變，夾雜著濱岡的回憶和訪查的紀錄。首先揭露的是仁科和哉消失的眞正原因。被強暴的女生是某所教會學校的學生，他叫他的狐群狗黨把人家押來，在眾人的面前強暴了她，現場還有人用V8攝影機拍攝了當時的景況。事後仁科和哉打算把那份未經顯影的膠卷，賣給認識的不良幫派，因爲女方家長動用所有的人脈，事情才沒有鬧大。

就這樣，小說的前半費了好一番功夫描寫仁科和哉的殘忍。至於後半則寫到因爲某種機緣，主角對版畫產生了興趣，並因而往這條路發展。最後故事的結尾，以仁科被迎面而來的妓女刺殺作結，事情就發生在他即將舉辦個展的前夕，這一段大家都知道是以眞實案件爲基礎所寫的。

藤尾美彌子以爲小說裡濱岡這號人物就是作者自己，並非虛妄之說。當然，對一般小說而言，若一概推斷陳述者即作者之化身，未免太過無稽。不過，這本小說有絕大部分被認爲是基於事實所寫，所以這樣的推測應該還算合理吧。

此外，她猜想作者是爲了報復從前的過節才寫下這本小說，這也不算是天方夜譚。就如她所說的，書中關於仁科和哉的描寫，確實很難說懷著多少的善意。那給人的感覺，不像是在寫一個藝術家，而是在寫一個嚮往成爲藝術家的俗人。從頭到尾，他刻意描寫俗人的醜陋及軟弱面，確實可以解釋成是濱岡——意即作者的報復心理所致。

不過，如果少年濱岡眞是作者（野野口修）的分身，那麼有一點怎樣都解釋不通。

小說裡，沒有一號人物可以和日高邦彥對得起來。

當然，如果作者是日高邦彥的話，情況也是一樣，裡頭也找不到像是野野口的人物出現。

如果就像這本小說寫的，野野口修在國中時代遭受同儕的欺負，那麼當時日高邦彥在做什麼？這是問題所在。他只是沉默地站在一旁觀賞嗎？

我之所以咬住這點不放是有原因的。是因爲，從頭到尾野野口的表現讓人覺得，日高邦彥是他的好朋友。

遇到校園暴力事件，很遺憾的，父母的親情或老師的開導並沒有多大的幫助，只有友情才是最好的武器。然而，目睹濱岡遭受欺負，「好朋友」卻只是袖手旁觀？

我可以肯定，這種人絕對不是朋友。

同樣的矛盾也出現在野野口修的自白書裡。

朋友不會奪人妻子，更不會和人家老婆共謀殺害親夫；而朋友也不會威脅對方，強逼別人做自己的影子作家。

那麼，爲何野野口要把日高邦彥說成是自己的「好朋友」呢？

如果以我現在腦中所想的奇怪念頭來解釋，這些全部都可以迎刃而解。

在我看到野野口修因長期握筆而長繭的中指時，那個念頭突然一閃而過……。

過去之章　其二

認識他們的人所說的話

【林田順一的話】

您說的是那件事嗎？是這樣啊？不過，你想問我什麼呢？我想不管你怎麼問，都問不出個所以然吧？因爲，那已經是很久以前的事了。他們的國中時代，那不是二十幾年前嗎？雖然我的記性沒那麼糟，不過能記得的實在有限啊。

說老實話，我是到最近才知道有日高邦彥這麼一號作家的。講起來丟臉，這幾年我根本沒看什麼書，其實這很不應該，因爲我們做理髮店生意的，跟客人聊天也算是工作之一，不管什麼話題，都要能聊上幾句才行。不過，我實在是太忙了。會知道有日高邦彥這位作家，甚至知道他跟我同班，也是因爲這起事件。嗯，我從報章雜誌上得知日高和野野口的經歷才喚起了記憶。報紙我大致看過了，嚇了一跳，竟然有這種事，還鬧出了人命。是，我還記得野野口，也記得有日高這個人啦，不過，老實說，我對他沒什麼印象。他們兩個是不是好朋友？我不是很清楚。

野野口，大家都叫他ＮＯＲＯ（「野野口」日文讀法ＮＯＮＯＧＵＴＩ。）。你看，「口」這個漢字和日文片假名的「ロ」（讀ＲＯ）不是很像嗎？簡化他的姓就變成ＮＯＲＯ了。他那個人有點遲鈍，所以這個綽號大概有呆傻的意思吧。（「ＮＯＲＯ」發音近似日文的呆瓜）

我想起來了，這個男的一整天都在看書，因爲我曾坐在他隔壁，所以有印象。讀什麼？我不記得了。因爲沒興趣嘛！不過我可以肯定不是漫畫就對了。他的作文——尤其是抒情文寫得很好，好像還蠻討導師歡心的。嗳，因爲我們導師教的是國文，學校就是這麼一回事。

你是說校園暴力事件嗎？有啊。最近媒體才大肆報導，其實這種事從以前就有了。雖然也有人說以前的手段沒有這麼惡毒，不過，校園暴力這事註定就是惡毒的，不是嗎？

對了，話說回來，野野口總是被欺負，我現在才想起來。沒錯，沒錯，那傢伙也被欺負過。便當被加料啦、金錢被勒索啦、或是被關進掃除工具箱裡，什麼樣的情況都有。該怎麼說呢？他是屬於容易被欺負的那型。

身體被纏上膠帶？膠帶，你是說廚房使用的那種嗎？啊，聽你提起，好像有那麼一回事。總之，那幫人總是極盡亂整之能事。從窗口潑鹽酸？嗯，說不定也做過這麼過分的事喔。總之，我們那所國中的風氣不是很好，校園暴力乃家常便飯。

哎呀，問到這個就教我難堪了，說老實話，我也曾欺負過他。不，只有一、兩次而已，班上的那群壞蛋有時也會要求我們這些普通學生加入他們的行列，如果違背他們，下次就輪到自己遭殃了，所以沒辦法，只好加入。那種感覺眞是不好，雖然不願意，但還是欺負了弱者。我有一次把狗大便偷偷放進他的書包裡，站在旁邊的女班長明明看到了卻假裝沒看到。那個班長叫什麼？我想起來了，她姓增岡。沒錯，確實是這個名字。那些不良份子確實以作弄人爲樂，何況，要是能像這樣讓一般的學生也沾上邊，把那些道貌岸然的人拉到和自己一樣的水準，不是也很有趣嗎？這個道理我現在才明白。

藤尾嗎？我當然沒忘。這種話雖然不好大聲講，不過，不知有多少次，我心想要是那個傢伙不在就好了。不，不只是我這麼想吧？大家應該都一樣，就連老師肯定也有這種想法。

總之那個人有本事毫不在意地折磨他人，這就是所謂的殘忍吧。他的個子比成人還要高壯，力量又如此之大，任誰都拿他沒輒。其他的壞蛋只要跟在藤尾後面就覺得安心，受到這些人的阿諛吹捧，藤尾那傢伙就更加囂張了。所謂的所向無敵，就是指那種狀況吧？嗯，沒錯，這些事件的首領也是他，他負責統籌一切。聽說從老實的學生那裡搜括來的金錢，全部交由他保管，簡直就跟流氓沒有兩樣。

藤尾離開學校的時候，我非常高興，心想總算可以恢復平靜了。事實上，這之後的校園氣氛的確改善很多，雖然還是有不良幫派的存在，不過與藤尾在的時候相比，已經收斂很多了。

他被退學的理由，我不是很清楚。傳說，他打傷了其他學校的學生，因此被送交管訓，不過，我想眞實的情況並沒有這麼單純吧？

您一直問我藤尾的事，請問這和此次的案件有何關係？不是已有結論，說日高是因爲抄襲野口的小說才被殺的嗎？

咦？施暴小組的成員嗎？不，我不知道他們的近況。搞不好，都成了一般的上班族了？那時的通訊錄嗎？有是有啦，不過上面記的只有舊地址喔。這樣也可以嗎？請等一下，我這就去拿。

【新田治美的話】

你是從誰哪裡打聽到我的？林田？好像曾經同班過。不過，我剛說了，對不起，那時的事我已經不記得了。

增岡是我娘家的姓。嗯，沒錯，我是做過班長，從男女生裡各推舉一名，也沒什麼重要的事，就是負責跟老師聯絡而已，還有在大家商量事情的時候當一下主席。啊，沒錯，班會！這個詞我已經好幾年沒講了，因爲我們夫妻沒有孩子。

日高和野野口？對不起，我幾乎沒有印象。雖然我們是男女合班，不過我都是跟女孩子在一起，他們男生發生了什麼事，我不是很清楚。或許有暴力事件吧？不過我沒有發現。如果發現的話？這個，現在才說什麼都太晚了，不過，我大概會跟老師報告吧。

抱歉，我老公就快要回來了，我們可不可以就講到這裡？反正我也無法提供任何可靠的線索。還有，我是那所國中畢業的事，你可不可以不要向別人提起？嗯，因爲這會引起很多不必要的困擾。連我丈夫都不能說喔，拜託你了。

【円谷雅俊的話】

日高和野野口的事？虧你還大老遠跑來，請趕快進來。這樣好嗎？站在門口好像……，是嗎？

我當然還記得他們兩個。雖然我已經退休快十年了，不過，導師班上的學生，我全都記得，因爲照顧他們整整一年了嘛。更何況，他們兩個是我調到那所國中後帶的第一屆學生，所以特別有印象。

沒錯，野野口的國語成績確實出類拔萃。雖然不是每次都拿一百分，不過應該也相差不遠。日高啊，好像就沒那麼突出了，因爲我沒什麼印象。

野野口被人欺負？不，應該沒這回事吧？班上確實有惡劣的學生，不過，我從未聽說他曾受到別人的迫害。

是嗎？林田是那麼講的嗎？眞教人意外，我完全不知情。不，我不是故意裝傻，現在才來裝傻也沒意義。

說起令人意外的事，有一陣子野野口倒是和那群壞蛋走得很近，教我好不擔心。他的父母曾來找我談，而事後我也曾訓誡過他。

不過，這種時候眞正能發揮效用的，畢竟還是朋友。能阻止野野口走偏的，不是父母也不是老師，而是朋友。當然，我講的是日高。日高不是很傑出的學生，卻是個很有骨氣的孩子。他討厭不正當的行爲，只要讓他覺得不對，就算對方是老師，他也會據理力爭。

我記得那是正月時候的事情。有一天，他們兩人一起來找我，我感覺得出來是日高帶野野口來的。雖然他們什麼都沒說，不過，我把它解釋成「讓您操心了，眞對不住」的意思。

這兩人會成爲一輩子的好友吧，當時我是這麼相信著。不過，沒想到他們各自進入不同的高中。因爲他們的整體成績非常接近，就算唸同一所學校也沒什麼好驚訝的。

結果呢？到最後竟然還發生這樣的事，眞教人震驚。肯定是哪裡出錯了，不管是日高還是野野口都不像是會做那種事的人啊。

【廣澤智代的話】

你是說野野口家的兒子嗎？這我很清楚，因爲我們曾做過鄰居。有一、兩次，他還來我們店裡買過麵包。嗯，我家的店就開在附近，是十年前才收起來的。

哦，果眞是那件案子？喔，是這樣啊？是呀，我嚇了一跳呢。那個孩子竟會做出……。我眞是無法理解。

你問他是怎樣的孩子？讓我想想，該怎麼說呢？感覺蠻陰沉的，不像一般小孩，總是悶悶不樂的。

我想那應該是他小學低年級的時候吧？有一陣子，學校明明沒有放假，小修卻一直待在家裡。他總是站在二樓的窗口，望著窗外發呆。我看到了，就從樓下跟他打招呼，說：「你好啊！小修，感冒了嗎？」

可是，那孩子卻應也不應一聲，就急急忙忙地把頭縮了回去，拉上窗簾。我又沒做什麼令他討厭的事。偶爾在路上遇到了，他也一定拐進小巷子裡，盡量避免跟人家打照面。

事後我才知道，當時那孩子好像拒絕上學的樣子。詳細的理由我不是很清楚，不過，大家都說是他的家長不好。那家的父母按理說只是普通的薪水階級，不過夫婦倆都特愛鋪張，對小孩也過於保護。說到這個，我想起那家的太太曾經這麼說過：

「我家的小孩，原本打算讓他就讀辦學嚴謹的私立小學。不過，因爲我們缺乏特殊的管道，搞到最後沒辦法，只好讓他唸現在這所學校。雖然那種風氣不好的地方，我一向不喜歡。」

我當時眞想頂她：「是啊，我們這兒風氣不好，眞對不住！」我女兒和兒子都讀那所學校，也不見哪裡不好。也對啦，野野口太太好像是因爲老公工作的緣故才搬來這裡的，而他們以前住的地方大概很高級吧。

唉，父母親都這樣了，也難怪這孩子會變得不想去上學了，孩子本來就很容易受到父母的影響。

不過，一直不去上學也不是辦法，後來連他爸媽都著急了，只差沒押著他去而已。那孩子後來肯去學校，我想是多虧了邦彥。是的，我說的是日高先生。沒錯，就是這次被殺的日高邦彥先生，我從他小時候就認識他了，忽然改口叫邦彥先生，感覺怪怪的。

邦彥好像每天都來接小修上學。我不知道是怎麼開始的，大概他們正好是同年級的緣故，學校的老師拜託邦彥這麼做的。

我每天早上都有看到喔。首先邦彥會從我家門前經過，由右往左邊走去，這時他一定會跟我打招呼。那孩子真的很乖。然後，過一會兒，他會和小修一起從反方向走過來。有趣的是，這時邦彥會再打一次招呼，而小修則是默默地低著頭。一向如此。

就這樣，小修總算每天按時上學了。幸運的，還一路讀上國中、高中，甚至大學，邦彥對他來說就好像恩人一樣。沒想到，竟然會發生這次這樣的事……我真是想不通。

他們兩個一起玩嗎？嗯，我經常看到，還加上棉被店的兒子，他們三個經常玩在一塊兒。就連玩好像也是邦彥邀約，小修才去的。他們的感情很好呢，這是理所當然的，不是嗎？

邦彥不只對小修一個人親切。他對每一個人，特別是遇到比自己還小的孩子，總是很溫柔。所以，我得再強調一次，關於這次的事情，我怎樣都無法相信。

【松島行男的話】

日高和野野口……嗎？

呀，對不起，知道那件事我也很驚訝呢。我一聽到他倆的名字，就會不由得想起從前的點點滴滴。不過，你眞不簡單，竟然會找上我。嗯，沒錯，我小學的時候，經常和他們玩在一塊。我老家是賣寢具的，記得我們總是躲在後面的倉庫裡，拿剛進貨的座墊來玩，所以老是挨罵。

不過，說老實話，我並不是那麼喜歡他們兩個。因爲附近沒有其他小孩可以跟我玩，不得已，只好跟他們湊合在一起。所以，等升上高年級，我一個人可以跑得比較遠之後，就和別的朋友玩了。

那兩人的關係嗎？該怎麼說呢？我覺得那跟好朋友不同，也稱不上是童年玩伴，該怎麼形容比較好呢？

喔，是這樣嗎？在麵包店阿姨的眼裡看來是這樣？大人的眼光總是不太準。

那倆人的關係絕對不是對等的。沒錯，日高一向占著優勢。嗯，這是我的想法，我覺得日高下意識裡會以爲自己救了與學校犯沖的野野口，他雖然沒有明說，不過態度裡卻有這層意思，他總是帶領著野野口。我們三個經常去抓青蛙，就連那個時候，日高也要一一向野野口指點：那個地方很危險，再找一個比較安穩的立足點啦，或是鞋子要先脫掉之類的。與其說他在命令他，倒不如說他拚命地在照顧他，所以他們的關係倒也不是頭目和小囉囉，比較像兄弟——雖然年紀一樣。

野野口似乎也對日高頗不以爲然，因爲他經常會和我講日高的壞話。雖然面對面的時候，他一句話也不說。

如剛才所說，升上高年級之後，我就沒和他們一起玩了，而那兩人好像也是從那時起不再來往。其中一個理由是野野口要上補習班，也就是說沒有時間玩樂。另外一個理由，我覺得好像因爲是野野口的媽媽不喜歡日高。我記得有一次無意間聽到野野口的母親問野野口：「你沒再和那家的孩子一起玩吧？」

她的口氣非常嚴峻，表情怪嚇人的。她說的「那家」指的是日高家，我是後來才聽出來的。當時我心想，她說的話眞是奇怪，爲什麼不能和日高一起玩呢？至今我依然不明白野野口的媽媽爲何會講出那樣的話。嗯，我完全猜不出來。

野野口拒絕上學的理由嗎？我沒辦法說得很清楚，不過，直截了當地講，就是和學校不對頭吧？他好像也沒什麼朋友。啊，說到這個，我想起來了，當時他曾提過要轉校，好像想轉到比較好的學校去，不過，終究沒有轉成，這件事後來就沒有下文了。

我知道的就只有這些了。都十幾二十年前的事，幾乎要忘光了。

這次的事件嗎？我很驚訝。雖然我只知道他小時候的事，沒資格亂說話，不過還是覺得意外。不，我說的是日高，雖然他對野野口總占著上風，不過他從來沒把他當作跟班。他的正義感也很強，所以說他逼野野口做影子作家，這實在是……。或許，人長大了性格多少會改變吧？當然是變成壞的一面。

【高橋順次的話】

嚇我一跳，我沒想到警察會爲了那個案子找上門來。不，我看了報紙曾想起他們兩個和我同校，又是同班同學的事。不過我跟他們又不是很熟，所以以爲這件事和我一點關係都沒有。對了，這案子不是還扯上文學嗎？那一向和我無緣，我想今後大概也是如此吧。

你說，你想問什麼？喔，那時的事啊。唉，眞對不起，那不是什麼愉快的回憶，你聽了可能要皺眉頭呢。

你是從誰哪裡打聽到我的？喔，從林田那兒，那傢伙從以前就是個大嘴巴。嗯，沒錯。最近這被炒得像是天大的社會問題，不過偷偷告訴你，我以前也常欺負人呢。嘿嘿，孩子嘛。不過，我覺得那種事也有存在的必要，我不是在找藉口，你看，一旦出了社會，就有一大堆討人厭的辛苦差事等著你做，就把這種事當作是步入社會前的練習不就得了。如果能從中全身而退，也能獲得應有的智慧，不是嗎？我是這麼想啦，最近大家也未免太小題大作了，只不過是欺負一下而已。

如果你想知道當時的事，與其問我，倒不如尋求一個更好的方法。當然要我告訴你也是可以啦，可是，我大部分都忘了，也不會條理分明地描述。說不定講到一半連我自己都不曉得在說些什麼。

我說的那個好方法就是看書，以日高名字發表的書。我想想，那叫做什麼？書名取得蠻深奧的，不太好記。咦？啊、對、對，就叫做《禁獵地》，沒錯，就是它。什麼？警察先生您也知道？既然如此，你就不用特地跑來找我了嘛。

嗯，書我是沒有全部讀完啦，不過，那件事發生之後，我曾抱著一探究竟的心情去翻了這本書。哈哈，這還是我第一次上圖書館呢，感覺怪緊張的。

讀過那本書，瞭解裡面的情節後，你就會知道那本書的主角是以藤尾爲模特兒，而我們國中時代的事情也都寫在裡面了。哼，搞不好連我也被寫進去了。

警察先生也讀過了嗎？喔，這樣啊？嗯，這個我們只能在這裡講，那裡面寫的全是事實。不，是眞的。雖然那看似一本小說，其實眞實的情況就是那樣。當然，人名會有所不同，不過，其他的部分卻是照實描述。所以只要讀了那個，就可以瞭解所有的事。連我已經忘記的事，也全寫在裡面了。

用膠帶把人層層捆住，丟到體育館裡的手法也寫了？說到這個，我就冒冷汗，因爲是我帶頭去做的，那不是什麼光采的事。只能說是年少輕狂吧？唉，就是那樣。

我剛剛講的那些全是藤尾指示的。那傢伙很少親自動手，卻很會指揮同伴。我沒想過要當他的嘍囉，只不過和他一起謀劃，事情會有趣很多。

你指的是藤尾攻擊他校女生的事嗎？對於那件事，我不是很清楚。不，是眞的，我只知道藤尾一直在注意那個女生。她留著長髮，個兒嬌小，大概就是那種所謂的美少女。你別看藤尾的塊頭那麼大，實際上他有戀童癖，看到那樣的女生，他就受不了。這些事那本小說裡也有寫，我一邊讀一邊在想，描寫得還眞是深入。不過，說不定寫小說的人對藤尾瞭解得很透徹，這也是有可能的。

對了，那本小說還寫到藤尾會一個人突然消失的事。明明還沒下課，第六節上到一半，他總是一個人不著痕跡地離開教室。不，正確地說，應該不是第六節的一半，而是第六節快結束的時候。因此，課外活動的時間，藤尾幾乎都不在教室裡。他去了哪裡呢？就如那本小說寫的，那名美少女每天放學都走固定的路線，他肯定是跑去堵她了。不過，他去那裡從來不帶同伴，總是獨自一人。所以，藤尾去了以後做了什麼，沒有人知道。大概是像小說寫的，他一直躲在暗處觀察那個女孩，構思他的擄人計劃吧。這麼一想，感覺怪噁的。

他對那個女孩施暴的時候，好像只帶著一個人。是誰我不知道，不，我是說眞的，我沒必要到現在還替他隱瞞。當然不會是我！我是做了很多壞事沒錯，不過，幫著人家去強姦，這種事我可沒做，請相信我。

正如你所說，《禁獵地》所描寫的施暴場景，似乎有很多人參加。一個人負責按住那個女的，一個人用Ｖ８拍攝過程，還有其他人在旁觀看。可是，實際上，眞正在場幫忙的只有一人而已，嗯，就是負責制住女孩的那個。而Ｖ８的說法也與事實不符，他們用的是拍立得照相機，聽說是藤尾自己拍的。那時的照片後來怎麼樣了，我不清楚。小說上寫藤尾打算把它賣給黑道，不過，結果到底如何呢？那些照片我沒看過，說老實話，我很想看，不過沒有傳到我這裡。

啊，對了，或許那個傢伙知道！有個叫做中塚的小子，他是藤尾的跟班，也因此從藤尾那裡拿過不少好處。如果藤尾想要寄放東西的話，一定會放在那小子那裡，就算照片也不例外。不過，我不認爲他到現在還會留著這種東西，他的聯絡住址我不清楚。中塚昭夫，昭和的昭、丈夫的夫。

我剛說的那些，野野口沒有告訴你嗎？他應該也很清楚才對。因爲清楚，所以才能寫出那樣的書嘛！耶？他什麼都沒說嗎？或許是難以啓齒吧。

爲什麼難以啓齒？那種事說起來不太光采吧？沒什麼好炫耀的。

因爲他被欺負？那傢伙被欺負的時間不怎麼長呀。藤尾一開始就沒把野野口放在眼裡，他鎖定的目標是日高，理由是對方太驕傲了。實際上是因爲日高不管怎麼被欺負，都不肯按照藤尾的指示去做。藤尾畢竟是藤尾，一再被小看讓他發了狂，致使他的手法越來越激烈。於是，那本小說寫的情節就這麼眞實上演了。

沒錯，被我們用膠帶綑綁的人也是日高。嗯，潑向窗外的鹽酸也是衝著他來的。野野口嗎？野野口那時已經跟著我們了，沒錯，他成了我們的人。那小子才是藤尾的嘍囉，就連我們也可以使喚他。

他們兩個是好朋友？不可能。不，畢業後發生了什麼事我不知道，雖然這次事件的報導都寫著，他們以前是很好的朋友，或許高中以後情況又改變了也說不定，不過，據我所知，他們在國中時代絕對不可能是好朋友。因爲野野口向藤尾說了很多日高的壞話。如果不是野野口的話，藤尾對日高也不會那麼深惡痛絕。

所以，那本《禁獵地》裡寫到的中學生濱岡，肯定是日高沒錯。雖然坊間傳說野野口才是眞正的作者，爲了讓書以日高的名義發表，所以只好把日高寫成了主角濱岡。野野口是誰的原型？這個嘛，會是誰呢？我說不上來，不過，總之就是欺負小組的成員之一就對了。

不過，仔細一想還眞是奇怪。加害者寫的小說以被害者的名義發表？這到底是怎麼一回事？

【三谷宏一的話】

拜託請盡量長話短說，因爲待會兒我還要開會。

我實在不太瞭解，您到底有何貴幹？不，我也曾聽說警方爲了辦案，會徹底調查犯人的過去，不過，我和野野口來往都已經是高中時候的事了。

耶?您從小學時代開始調查起?這實在是……不,我不知該說什麼才好,有這個必要嗎?

野野口跟一般人沒啥兩樣,是個很普通的高中生。他和我都喜歡閱讀和看電影,我們經常聊這方面的事。嗯,我也知道他想成爲作家。他從那個時候起就已經宣佈,將來打算從事這門行業。他還曾把他寫在筆記本裡的小小說拿給我看,內容我不記得了,大多是科幻小說吧?很有趣喔,至少,當時的我從中得到了樂趣。

野野口選讀我們學校的原因嗎?那當然是因爲他的成績剛好可以進這裡嘛。

不,等一下,我想起來了,野野口好像曾經說過,其實附近還有一所同等級的高中,不過,他就是不想去那裡。同樣的話,他不知重複了多少次,所以我還記得。嗯,他肯定講過好幾遍,所以我才一直放在心裡。

他討厭那所高中的理由嗎?我不記得他說清楚了沒,不過大抵是環境不好、學生素質差之類的原因吧?因爲他經常把這些話掛在嘴邊,就連提到自己的母校也一樣。

嗯,他的母校指的是小學、國中讀的學校。說到那個學校的缺點,他可是經常掛在嘴邊。

不,我很少聽他講國中時代的朋友。就算聽過,應該也不是什麼重要的事,因爲我沒有印象。我也從未聽他提起日高邦彥這個人,他有這麼一位童年故交,我也是案發後才知道的。

他經常抱怨學校和居住地,住在那個鄉鎮的人是如何低級,那種地方的學校是如何的缺乏水準。因爲他總是嘮叨個沒完,連我都有點煩了。他平常還好好的,只要一講到這個就會動氣。我當時還想,他眞是個怪人。不管是誰,都會覺得自己生長的城市是最好的。

他說:「我家原本不該在那種地方,因爲父親工作的關係,我們被迫住在那裡,所以我想再不了多久，我們就會搬家了。也就是說，住在那裡只是暫時的。因此我們不需跟鄰居套交情，我也不跟附近的小孩玩。」

他住在哪裡，對我來講根本就沒有差別，可是他卻再三強調這點，簡直就是此地無銀三百兩。結果，他和我來往的期間，好像也沒搬成家。

說到搬家，我想起來了，他還講過這樣的話：

「小學的時候，我曾有過一次轉學的機會，因爲我怎樣都無法適應當時的環境，我的父母沒有辦法，只好做出最壞的打算。可是，最後那件事還是不了了之。詳細的情形我是不清楚啦，不過看來好像是我又肯去上學給搞砸的。眞是過分，我每天可是難過得要死。鄰居有個愛管閒事的傢伙，每天都來邀我，我沒辦法，只好去上學，都快給他煩死了。」

對我來說，有一個這麼親切的鄰居是件好事。不過，野野口會這麼說，應該有他的道理吧。高中畢業後，我就再也沒見過野野口了。不，好像碰過一次，可是，就只有那樣而已，我們沒再來往。

日高邦彥的小說嗎？說老實話，我以前沒有讀過。我讀的都是推理小說，所謂的偵探故事，我比較喜歡那個。太過嚴肅的作品，總讓我敬而遠之。

不過，這次不是出事了嗎？抱著姑且一看的心裡，我只讀了一本。因爲聽說眞正的作者是野野口，我總忍不住會感到好奇。

那本書叫做《螢火蟲》，寫的是煩惱妻子紅杏出牆的藝術家。艱深的道理我是不懂啦，不過，我在讀的時候，有好幾次出現恍然大悟的感覺。也就是說，裡面有一些地方會讓我產生，

「啊！這就是野野口的作品」的想法。我可以感到他的個性充斥在字裡行間。個性這種東西是自小就不會改變的。

哦？是這樣嗎？《螢火蟲》是日高邦彥本身的作品？喔，啊，是嗎？

哎呀，這下臉可丟大了。嗯，也罷，外行人本來就不懂。

就談到這裡好嗎？因爲我還有會要開。

【藤村康志的話】

沒錯，我是修的舅舅，修的母親是我的姊姊。

訴請歸還利益？那沒什麼。錢？不是單純爲了錢，站在我們的立場，總希望事情能有個合理的交代，大家能把話講清楚。

修殺害日高先生的事，確實不可原諒，我也覺得他必須付出相對的代價。修自己也是這麼想，所以才會招供的吧。

不過正因爲如此，我們才覺得必須先把話講清楚。就算是修的不對，他也不是毫無緣由就做出那樣的事。我聽說他和日高之間有很多恩怨情仇，所謂的影子作家，不就是替日高寫小說嗎？終於，他忍受不了才爆發了。

我的意思是說，他們那邊也有錯，不是只有修是壞人。在這種情況下，只有修一個人受到懲罰，不是太不公平了嗎？那位先生的過錯該怎麼算呢？

我是不太清楚啦，不過說起日高邦彥，他不是赫赫有名的暢銷作家嗎？聽說名列前十大繳稅名單裡呢。那是誰賺的錢呀？那不是賣掉修寫的小說所賺來的錢嗎？而那些錢就這麼原封不動地擺著，只有修一個人受到處罰，這不是有點奇怪嗎？我實在不懂，要是我就會把那種錢歸還。這是應該的，不是嗎？

嗯，當然，我也知道他們有話要說。所以，後續的事情，我也委託律師了，希望事情能夠有個圓滿的解決。我只是想拉修一把，並不是想要錢。因爲不管他們還回多少，那也不會變成我的錢，那理所當然是修的錢。

話說回來，刑警先生您今天到我家來是爲了什麼事？我們爭的頂多扯上民法，跟刑警先生一點關係都沒有啊。

喔，你眞正想談的不是這個？

我姊的事嗎？嗯，沒錯，那個地方是修出生不久後才搬進去的。買房子嘛，當時姊夫的親戚正好有塊地要廉讓，他們就在那裡蓋起了房子。

我姊對那個地方嗎？唔，正如您所說的，她不是很喜歡。她好像曾經抱怨過，早知道是這種地方，絕對不會把房子蓋在這裡。她好像一打算住下後，就對週遭的環境做了很多的調查。結果，這就是她的觀感。

她對那地方的哪一點不滿意？這個我不知道。每次只要一提到這個，姊的心情就不好，所以我總是盡量避免去談。

刑警先生，你爲何要問這些？這些和這次的案件有何關聯？

雖然有必要詳加調查，可是連我姊的事都問，會不會太誇張了？算了，不管你怎麼問，這些都已經是過往雲煙，也無所謂了。

【中塚昭夫的話】

野野口？那是誰？我不認識他。

國中時代的同班同學？嗯，大概是吧，我忘了。

報紙？我不看報紙的。作家被殺的事？我不知道。

哦？作家和兇嫌都是我的同班同學？那又怎樣，跟我又沒有關係。你到底想說什麼？我現正失業中，必須趕快出去找工作，希望你不要打擾我。

日高？你說的是那個日高嗎？被殺的作家就是他啊？

嗯，那傢伙我還記得。竟然是那傢伙！人類眞是什麼時候死、會怎麼死都不知道呢。

你爲什麼要問這種事？你問那傢伙國中時候的事，到底有什麼目的？查案？犯人不是已經抓到了嗎？你自己剛剛說的。

哼，最近連警察都變得很古怪。

算了吧，都幾百年前的事了。

嗯，是啊，我是整過日高好幾次。也沒啥特別的理由，就只是他撞到我之類的小事，總之就視情況辦理囉。

不過，日高那小子是頭倔驢，怎樣都不肯拿錢出來。其他沒用的傢伙，只要隨便威脅一下，三五百、上千元不都拿出來了。所以呢，我們專找日高的麻煩。那小子確實很有骨氣，我到現在才能這麼講。

你很煩耶，我不是跟你說不知道什麼野野口的。

啊？等一下，野野口？兩個野再一個口嗎？

是啦，你說的是ＮＯＲＯ吧？野野口，我們都管他叫笨龜呀。喔，如果是他的話，我就知道了。他是藤尾的錢包。

我說錢包你不懂？放錢的袋子啊。沒錯，他總是一股勁兒地把錢奉獻給藤尾。那傢伙不但出錢，還讓人當下人使喚，十足十的馬屁精！

藤尾被趕出學校後，我們這群人也跟著四分五裂了。就連ＮＯＲＯ也不知從什麼開始，很少出現在我們的聚會上了。

上了隔壁學校的女生？那件事我不是很清楚，眞的！雖然跟藤尾最親近的人是我，不過，詳細的情況，他連我也沒說。主要是因爲那件事之後，我跟他就很少見面，那傢伙被迫在家自修。

不是，才不是我。藤尾欺負女生的時候，和他在一起的另有其人。我不知道，是眞的。

我問你，這種老掉牙的事和這次的兇殺案有什麼關係？

不，我突然想起一件事。你剛剛說被殺害的是日高？

正確的時間我不記得了，不過，日高曾經來找過我，希望我告訴他有關藤尾還有那件強暴案的事。是什麼時候呢？應該是三、四年前吧？

喔，對了，他說他打算寫一本小說，以藤尾爲模特兒。我沒把他的話當眞，所以現在才想起來。這麼說，日高當時已經是作家囉？哦，早知道應該多跟他要點禮金的。

嗯，我把知道的全告訴他了。我對日高這個傢伙，也沒什麼深仇大恨嘛。至於欺負女生的事，我跟他講我幾乎不知情。沒想到，他還死纏濫打地說，就算只有一點印象也好。他八成也是以爲是我跟藤尾一起去強暴人家的吧？

照片？什麼照片？

我有照片？是誰告訴你的？

……唉，我是有啦。

藤尾被捕之前，給了我一張。拍得不是很清楚。我只拿那個應該沒有關係吧？何況有了那個也不能幹嘛。

你說我一直保留就不對了，我只是碰巧沒有丟掉罷了。你自己在家裡找找，肯定也會發現一、兩張國中時代的照片吧？

我現在沒有了。日高走後不久，我就把它丟了。

把照片給日高看嗎？嗯，我有給他看啊。我這人也很念舊的，畢竟人家大老遠跑來，還帶了禮物。

他請我借給他，我答應了。可是，兩、三天後，照片被放在信封裡寄了回來。上面好像寫著，他沒有保存照片的習慣。後來我連信封一起丟進垃圾桶裡了，就只有這樣。

之後，我沒再見過日高。

照片只有一張，其他的照片怎樣了，我不知道。

就這樣，可以了吧？

【辻村平吉的話】

對不起，我是他的孫女早苗。我爺爺講的話，一般人恐怕聽不懂，所以由我來翻譯。不，沒有關係。這樣談話才能儘早結束，對我們也比較好。

你問他幾歲？應該是九十一吧。心臟沒問題，不過腰腿畢竟不行了。不，他的頭腦還很清楚，就是耳朵背了一點。

十五年前我爺爺就已經不做煙火師傅。年紀大了是個原因，不過主要是供需上的問題。自從河畔的煙火大會取消後，爺爺幾乎就沒有什麼工作了。不過，我們家人覺得時機剛好，我爸爸並沒有繼承這份事業。

這是什麼書？咦，《死火》……，啊！這不是日高邦彥的小說嗎？不，我不知道，我想我家也沒有人讀過。我爺爺嗎？我問他看看。雖然問了也是白問。

……他果然不知道。我爺爺這十幾年來已經都不看書了，這本書有什麼特別嗎？

啊，是這樣啊？寫的是煙火師傅的故事？

……爺爺他說，沒想到會有人寫這麼稀奇的事，因爲這種工作一般人不太可能接觸到。

耶？日高邦彥曾經住在那附近？嗯，沒錯，爺爺工作的地點就在那間神社的旁邊。哦，是這樣嗎？他小時候曾看過爺爺工作的情形，長大後就把它寫進了小說裡？一直忘不了爺爺的事？這個嘛……

……聽你這麼一講，爺爺說以前好像偶爾會有附近的小孩過來玩。因爲危險，爺爺總是不准他們靠近。不過，看他們那麼感興趣，只要他們答應不亂碰東西，爺爺還是會讓他們進來。

你問說這樣的孩子有幾個是嗎？請等一下。

……他說不上來到底有幾個，不過記得的只有一個。

叫什麼名字呢？待我問看看。

……爺爺說他不知道名字。嗯，並不是忘了，而是一開始就不知道對方的名字。我爺爺對從前的事還記得一清二楚，我想他說的應該沒錯。

嗯，這個嘛……。雖說他的記性很好，不過這樣未免太勉強了吧？我先跟他說說看。

……眞讓人驚訝，他好像還記得。他說只要把照片給他看，他就認得出來。你今天有把照片帶來嗎？那，我們讓他認看看好了。

咦？這是什麼？這不是國中紀念冊嗎？是，那個孩子應該就在這個班級裡面。啊，不過，那孩子去找爺爺的時候應該比這還要小吧？是啊，沒錯。哎呀呀，這可難了。你要我跟爺爺解釋？這實在太困難了。並不是這麼大的孩子？我要怎麼跟他講才好呢？嗯，算了，我先跟他說說看吧。

過去之章　其三

加賀恭一郎的回憶

對於野野口及日高的過去（尤其是對他們的國中時期）有所瞭解的人，我已全數拜訪過了。當然一定還有其他的漏網之魚，不過必要的資料已經都找到了。雖然這些資料就好像散落一地的拼圖碎片，不過我卻隱約可見它們拼湊完成的圖形，而那正是此次事件的原貌——我如此確信著。

國中時期的暴力事件——或許可說是他倆關係的寫照吧。當我朝這個方向想的時候，有很多地方不謀而合。假若省略他們晦澀的過去不談，就無法說明此次的謀殺了。

對於校園暴力，我多少有些經驗。話雖如此，但我本身沒被人欺負過，也從來不曾加害人（至少沒有這個念頭）。我所說的經驗是站在教育者的立場得來的。那已經是十年前的事了，當時我擔任國三畢業班的導師。

上學期後半，期末考試時，我察覺班上好像有這類情事。

有一個老師跑來告訴我，「加賀老師，您班上好像有人作弊。」他說某一題，有五個學生的卷子出現相同的答案，如果答案是正確的也就算了，偏偏他們錯的地方一樣。

「而且這五人的位子都集中在教室後方，我敢肯定這一定是作弊。我不介意由我來懲戒他們，不過想先讓你知道一下。」

這位英文老師做事一向冷靜，就連這個時候，他也沒有因爲學生在他的課堂違規而動怒。

我稍微想了一下，回應道：「還是交給我來處理吧。」如果眞有其事，我不認爲他們會只挑英文一科。

「我無所謂，只是此風不可長。一旦他們得逞過一次，下次作弊的人數就會增加。」

英文老師的忠告十分中肯。

於是我趕緊詢問其他科目的老師，這五人的卷子有沒有可疑的地方？當然，我自己教的社會科（地理），由我自己來調查。

結果，在國語、理化、社會這幾科裡，都找不到明顯的跡象。並不是說完全沒有相似的地方，但也不能一口咬定那就是作弊。關於這點，理化老師說了：

「作弊的傢伙也不是笨蛋，不至於那麼明目張膽，孩子也有孩子的方法。」

可是，這個方法在數學科上破功了，數學老師斷定他們絕對有作弊。

「連一、二年級程度的數學都不會的傢伙，升上三年級後竟突然開竅了？這是不可能的事。因此，還沒考試以前，我大致就猜得出來，這一題哪些學生會解、哪些學生只能舉雙手投降。以山岡同學來說好了，他不可能會寫最後的證明題。答案卷上他不是寫了『ＡＤＥＦ』嗎？其實這應該是『△ＤＥＦ』才對。他對幾何問題沒有概念，所以才會把別人答案中的『△』記號錯看成英文字母的Ａ了。」

不愧是研究數學的，他的意見很有說服力。

事情看來似乎不太樂觀，我思考著該如何處理。關於作弊，這個學校採取的政策是，除非當場抓到、情節重大，否則不予處罰。不過，總得讓那些學生知道，老師們並非全然不知情才行。也就是說，必須警告他們一下。於是，某天放學後我把他們找來。

我首先告訴他們，他們被懷疑有作弊的嫌疑，證據就是英文考卷錯在相同的地方等等。

「怎麼樣？你們有沒有做？」

沒有半個人回答我的問題。於是我點名一位叫做中岡的學生，又問了一次。

他搖了搖頭，回說「沒有」。

我再一一詢問其他人，不過大家都不承認。

因為沒有證據，我也不好一直追究下去。不過我很清楚，他們在說謊。

他們之中有四個人從頭到尾都是一副桀傲不馴的態度，只有一個人眼眶紅了，他叫做前野。從之前的成績來看，其他四個人肯定是抄他的。當然，不管是給人家看還是偷看人家的，都得接受相同的處罰，這是這所學校的規定。

那天晚上，前野的母親打電話給我，她問說兒子看起來怪怪的，是否在學校發生了什麼事？

我告知作弊的事，結果電話那頭的她驚呼一聲，那心情肯定就像做噩夢一樣吧。

「假設眞的有作弊的話，我想前野也是提供答案的那方。不過，違規畢竟是違規，幸好這次沒有找到證據，我只是稍加警告就完了。他是不是受到很大的驚嚇？」

聽我這麼一問，母親哽咽著說出令人意外的話：「他今天渾身是泥地回到家。雖然他一直躲在房裡不肯出來，不過我看到他的臉莫名其妙地腫了起來，好像還流了血……」

「他的臉……」

第二天，前野以感冒為由沒來上學。接著隔一天他到學校的時候，臉上帶著眼罩，臉頰上的淤腫一看就知道是被人打的。

這個時候我終於明白了。前野不是那些壞蛋的朋友，他只是被迫照著其他四人的話做。他之所以被打，也是因爲作弊事件敗露，那些傢伙把氣出在他的身上。不過，這種事件是不是三天兩頭經常發生，還無法判斷。

然後，暑假來了，時機眞是不對。雖然察覺班上有惡意整人的現象，但這段時間裡我什麼都沒做。如果要我解釋，我會說是因爲太忙了。雖然在放暑假，但爲了思考學生升學的事，我一刻也不得閒。有一大堆必須蒐集的資料，還有像山一樣處理不完的工作。不過，這畢竟只是藉口。那年的夏天，前野被山岡他們勒索了至少十萬日圓以上。不，更糟的是，他們之間的糾葛變得更晦暗、更複雜，而我一直到後來才知道這些事情。

到了第二學期，前野的成績急轉直下，從班上少數有良心的學生口中，我得知校園暴力已經演變成例行公事的事實。他的頭竟然還被菸蒂燙傷六處，我怎麼想都想不到。

我該怎麼應付才好？同校的老師裡有人勸我，都三年級了，就假裝沒看到，靜待他們畢業就好了。可是，這種事我做不出來。這是我第一次帶三年級的班，我不希望在我班上就讀成爲學生的不幸。

首先我先找前野談。我問他事情是怎麼開始的？至今爲止發生了什麼事？

可是，他什麼也沒說。他害怕要是不小心說出了什麼，會被整得更慘。他的害怕非比尋常，那額角流下的汗水以及指間的顫抖說明了一切。

我心想，就從建立他的自信開始吧。這時我想到劍道，我一直是劍道社的教練，曾看過很多懦弱的少年因爲修習劍道而膽量益增。

話雖如此，現在才讓他加入劍道社似乎太晚了，於是，我每天早上對他施以個別指導。前野雖然一副興趣缺缺的樣子，依然每天準時來到道場。他是個聰明的孩子，當然理解菜鳥老師爲何突然想教自己劍道，而他大概也不好意思辜負我的好意吧？

他終於也對一樣東西感興趣了，那就是射飛刀。

爲了培養自己的專注力，我偶爾會練習把雙刃小刀擲向立著的榻榻米。有時會閉著眼睛擲，有時則是背過身擲。我擔心會發生意外，所以只在沒人的時候才做這樣的練習。碰巧有一次讓前野撞見了，他非常感興趣。

他請我教他，我當然不可能答應，只允許他在一旁觀看。他總是站得遠遠的，目不轉睛地看著我擲刀。

當他問我祕訣的時候，我回答：「相信自己可以辦到。」

不久之後，暴力事件的首領山岡因盲腸炎住院開刀。這可是千載難逢的機會！我心想什麼都不做，靜待事件平息是消極無用的做法，我一定要好好利用這個機會，化解前野面對山岡時的卑屈心理。

我命令前野將自己的筆記影印一份，給山岡送去。他泫然欲泣地回絕了我，可是我不答應。我不希望他到畢業都還是個孬種懦夫。

醫院裡發生了什麼事，我不知道。或許前野不發一言地把筆記放著，就跑出了病房；又或許山岡從頭到尾一直用棉被遮著臉。我心想就算是這樣也沒有關係。

山岡出院後不久，我就確信這個方法奏效了。我不著痕跡地問過幾個學生，沒再聽聞前野被人欺負的事。學生們講的未必就是眞的，不過跟以前相比，現在的前野確實開朗許多，我因此判斷事情眞的好轉了。

這眞是大錯特錯！我一直到最後——畢業典禮結束之後，才明白過來。

當時的我無比輕鬆。全班學生的前途都有著落，我相信問題都已解決了，並自信地想，今後也能順順利利地執好教鞭。

突然，一通電話找上了我，是少年隊的警察打來的。他的話，彷彿一盆冷水嘩地從我頭頂淋下。

他說前野因傷害罪被逮補了。

案發地點在遊樂場，被害者叫山岡。

剛聽到的時候，我還想對方是不是講錯了。被害者是前野，加害者是山岡才對。

不過，接著聽下去，我就明白了。他說前野被逮捕的時候，衣服都破了，全身是傷，臉整個扭曲變形。

不用講也知道是誰把他整得那麼慘。中岡他們特地等到前野落單時，幾個人一起圍毆他。這群傢伙先前之所以遲遲沒有動手，是因爲在學校裡有個叫做加賀的老師會囉唆。臨去時，他們還朝前野的臉上撒了泡尿。

沒有人知道前野在地上躺了多久，不過，他忍著全身傷痛爬起來後，就直奔學校的劍道場，從我的抽屜裡取走了小刀。

他知道山岡他們會在哪裡出沒，因爲他之前有好幾次曾送錢過去。前野在電子遊戲機檯前發現了嘻笑怒罵的山岡，他毫不猶豫地從後方欺身過去，拿出刀子刺向山岡的左下腹。

店裡的人報了警。直到警察趕來之前，前野就這麼呆站著。

我馬上趕往警局，可是沒能見到前野，因爲他拒絕見我。而山岡馬上就被送進了醫院，聽說沒有生命危險。

兩天後，負責的警官跟我說：「前野似乎打算一命抵一命。至於山岡那個孩子，我問他爲何要對前野施暴，他回答說因爲看他不爽。我就問了，爲何看他不爽，他也說不出個所以然，只說總之就是看他不爽。」

聽到這種話眞教人沮喪。

之後，我再也沒有見過前野或山岡。特別是前野，根據他母親的轉述，在這世上他最不想看到的人就是我。

同一年四月，我也離開了教職，也就是說我逃跑了。

至今我依然覺得這是我人生中最大的敗筆。

眞相之章

加賀恭一郎的闡明

身體的狀況怎樣？我剛剛跟主治醫生談過，聽說你已經決定要動手術，這樣我就放心多了。你應該樂觀一點。不，醫生說手術的成功率非常高，不會有事的，是眞的。

之前我就想問你，你是從什麼時候發覺自己的病況的？今年冬天？今年才開始的嗎？應該不是吧？我想最晚在去年年底你就察覺自己舊疾復發了。同時，你恐怕認爲自己這次是凶多吉少，所以才會連醫院都沒去，不是嗎？

我之所以這麼想，理由只有一個，因爲我猜最晚從那時開始，你就已經在計劃這次的事了。這次的事？我指的當然是殺害日高的事。

你好像有點驚訝？不過，我講的可不是什麼天方夜譚。嗯，我這麼講是有根據的，連證據都有了。關於這個，我待會兒會一一說明給你聽。我想恐怕會佔用不少時間，不過醫生已經准許我這麼做了。

首先，請你先看看這個。嗯，是一張照片。你有沒有印象？就是你潛入日高家時被拍到的畫面。日高邦彥在庭院裝攝影機，暗中拍下這卷東西，你是這麼說的。

我將那卷帶子的其中某個畫面，轉印成這張照片。如果你希望的話，我可以把螢幕拿來，重頭放一次給你看。不過，我想應該沒此必要，只要這張照片就夠了。況且對你而言，那些影像你也看膩了，是吧？

因爲那些影像是你自己做的，不是嗎？你自己演出又自己攝影——所謂的自導自演。會看到不想再看也是理所當然的，對吧？

沒錯，我說那卷帶子是僞造的，那裡面拍攝的內容全是假的。

嗯，我正要用這張照片證明給你看。話說回來，要證明這件事也沒多大的困難。對於這張照片，我想說的只有一點。這個畫面並非如角落日期所示是七年前拍的。

就讓我來向你說明爲何我那麼肯定好了，這其實非常簡單。畫面中是日高家的庭院，庭院裡種植了一些花木，當然這張照片裡沒出現什麼特別的植物，日高家自豪的櫻花不在裡面，草皮也都枯萎了。一看就知道是冬天的景觀，不過，是哪個冬天的就難以判定了。再加上是在半夜拍的，一片昏暗下，連細部都很難看得清楚。不過，也正因爲如此，你才會以爲這卷帶子可以騙過我們吧？

不過，野野口先生，你犯了個很大的錯誤喔。

我不是在嚇唬你，你真的出錯了。

讓我告訴你吧！問題出在影子。你看，櫻花樹的影子不是落在草皮上嗎？這就是致命的失誤。

嗯，我知道你想說什麼。就算這七年間樹有長大好了，但因爲光線的影響，也不能單以影子的長短來分辨是現在的樹還是以前的樹，這樣說確實沒錯。

不過，我想說的不是這個，問題出在櫻花樹的影子只有一道。

看來你還是不懂，就讓我揭曉謎底吧。如果，這個畫面眞的是七年前拍的，那麼樹影應該有兩道才對。你知道爲什麼嗎？很簡單。是的，七年前日高家的庭院裡共種了兩株八重櫻，成雙並立著。

你有話要說嗎？

那卷帶子八成是最近才拍的吧？你自己去拍的。

問題是你有沒有機會去拍帶子。關於這一點，我已經跟日高理惠確認過了。

她回答，應該沒有那麼困難。她說，如果是去年年底，那時日高還是單身，偶爾會和出版社的人出去喝酒，只要挑那個時候下手，就可以慢條斯理地好好拍了。

不過，這也得要有日高家的鑰匙才行。因爲要拍攝從庭院潛入日高工作室的畫面，必須先把工作室的窗戶打開。

根據理惠小姐的說法，要克服這一點應該也不是問題。怎麼說呢？日高出去喝酒的時候，不會把鑰匙帶在身上，他總是把它藏在玄關的傘架下面。自從在外面連丟了兩次鑰匙後，他好像就一直這麼做。如果你知道這回事的話，就不用操心門窗的問題了。你應該知道吧？理惠是這麼證實的。

不過呢，野野口先生，我會發現錄影帶是僞造的，不是因爲八重櫻的影子的關係。事實上，正好相反。我是肯定帶子是假的之後，才一再地重播畫面，與少數的日高家舊時庭院照片做比對，進而發現了這個矛盾。那麼，我爲何會肯定帶子是假的呢？那是因爲我對其他證物起了疑心。

所謂的其他證物指的是什麼？野野口先生，你應該也已經知道了吧。沒錯，就是那大量的原稿，我所發現的那些堆積如山的稿件，而我一直相信它們與殺害日高的動機有關。

因爲此次事件，我將你逮捕，在讀過你的自白書之後，我還是有很多地方搞不清楚。當然，這一個個疑問都可以解釋得通，不過，解釋得通跟百分之百信服是兩碼子事。野野口先生，在你的自白書裡，我總覺得哪裡怪怪的，因為這種怪怪的感覺，讓我怎樣都無法接受你所告白的內容是眞實的。

然後，有一次，我忽然發現一個大線索。案發之後，我曾和你見過無數次面，可是我怎麼就沒有注意過它？眞是不可思議。就在這麼近的距離裡，有一個這麼明顯的提示。

野野口先生，請你把右手伸出來。

怎麼了？我要的是右手。如果不行的話，光右手的中指也可以。

那中指上的繭是握筆而產生吧？眞的好大呢。

這不是很奇怪嗎？我記得你一向都用打字機的。寫作的時候也是，聽說你教書的時候，所有的講義也全用打字機處理。既然這樣，你怎麼會磨出這麼大的一個繭呢？

是嗎？這不是寫字弄出的繭？那這是什麼？不知道？你不記得了嗎？可是我怎麼看都像是握筆的繭呢。你想不出來這個東西是怎麼弄出來的嗎？

就算如此也沒有關係。重點是，在我的眼裡它就是握筆的繭，於是我開始想，慣用打字機的你怎麼會有這樣的繭？有什麼東西需要你大量、親手動筆書寫的嗎？

於是我想到那些寫在舊筆記本及稿紙上的作品。我興起了某種假設，讓我的背脊一陣發涼。如果這個假設成立的話，整件事將會有一百八十度的轉變。

是的，我的推斷如下：那一大堆作品不是從前寫的，而是你臨時加工趕出來的。

我會突然發冷也不是毫無道理的，對吧？如果眞是這樣，日高從那些作品竊取創意的說法也是騙人的。

難道就沒有辦法可以分辨眞僞嗎？經過多方調查，終於讓我找到決定性的證據。

野野口先生，您認識辻村平吉這個人嗎？不認識嗎？這樣啊，果然……。

根據你的自白書，你和日高邦彥小的時候經常去看鄰居的煙火師傅工作，並以此段記憶爲基礎寫下了《圓火》這本小說，然後日高以你的《圓火》爲草稿，進而發表了《死火》。

辻村平吉這個人，就是當時那位煙火師傅喲。

嗯，這個我知道，記不記得名字不是問題。恐怕我這樣問日高邦彥，他也會說他忘了吧？不過呢，辻村先生倒還記得這事。他記住的不是名字，而是長相。他還記得從前那個常來玩的孩子的臉。辻村先生說了，常來玩的孩子只有一個。

是，是的，他還活著。雖然已經九十高齡，必須依靠輪椅行動，不過腦筋還十分清楚。我讓他看了你們國中的紀念冊，他一眼就指出當時來玩的孩子是誰。

他指的是日高邦彥。

至於你，他說完全不認識呢。

有了辻村先生的證詞，我就確信，日高剽竊你的小說根本是無稽之談。那些寫在舊大學筆記及稿紙上的作品，只不過是你從他的書裡抄來的。

如此一來，你被日高以殺人未遂罪名威脅的事又該怎麼說呢？

知道了吧？這樣推到最後，自然會懷疑到那卷帶子。能夠確實證明你曾經殺人未遂的，只有那卷錄影帶。當時你犯案所拿的刀子，根本不能證明什麼，因爲上面只有你的指紋而已。

而就像我剛剛說明的，我因此發現帶子是僞造的。反過來說，這代表著我現今所提的假設都是正確的。也就是說，根本沒有殺人未遂案件，所以日高也不可能威脅你，恐怕連作品抄襲的事都是虛構的。

那麼，你自己承認的，殺人未遂的起因是由於你和日高初美的關係，這又做何解釋？你所說的外遇眞的存在過嗎？

到此讓我們複習一下，有哪些東西暗示了你和日高初美的關係？

首先，是在你屋裡找到的圍裙、項鍊、旅行申請表。其次是後來又發現的，被認爲是在富士川休息站拍的初美照片，再來是看似同一地點的風景照片。

就這麼多了，也沒有人可以證明你倆的關係。

證物中的旅行申請表，隨你愛怎麼寫就怎麼寫，所以那根本不算證明。至於項鍊，你說那是打算送給初美的禮物，可是這也只是你的片面說辭。那麼圍裙呢？不管怎樣它肯定是初美的東西。就像我先前跟你說的，初美曾穿上那件圍裙拍過其他照片。

不過，你要從日高家拿走日高初美的圍裙並非不可能的事。日高邦彥和理惠小姐結婚之前，曾將前妻初美的遺物做一番整理，那時你曾過去幫忙。神不知鬼不覺地偷走一件圍裙，應該還蠻簡單的吧。

去幫忙整理的那天，你有可能還偷走了其他東西，也就是相片。被偷走的相片恐怕得具備這些條件才行？首先它必須是初美的獨照；其次，沒有其他照片可以顯示日高曾攝於同一場景；最後，同樣一個地點，最好還有幾張純風景照可茲對照。而全部符合這些條件的，就是那張在富士川休息站拍的相片。你把初美的獨照和風景照偷偷地放進口袋裡。

嗯，當然，我沒有證據證明是你偷的，不過，你有可能會偷。既然有這個可能，那麼你所坦承的，與初美間的不倫戀情就不足採信了。

如果殺人未遂事件，還有你被日高威脅、被剽竊作品的事都不存在的話，那麼以此為前提，假設你們的外遇關係亦是子虛烏有，應該也不過分吧？

沒錯，這樣看來，初美的意外當然也只有一個解釋。那個肯定是交通事故，並非自殺。既然沒有動機，也就沒有理由懷疑她是自殺的。

我們先整理一下，從去年秋天開始，你到底做了些什麼？就讓我們按照時間順序做趟回顧吧。

首先你得準備未經使用的舊大學筆記。只要到學校裡找一找，那種東西應該很快就能拿到吧？接著你把日高邦彥早期發表過的作品一一抄寫到上面，不過，你不能完全照抄，語法及人物的名字必須改過，故事的劇情也要稍微重新編排，你想盡辦法讓這些筆記像是那些作品的原型。就算只抄一本，恐怕也要花上一個月的時間吧？我可以想像那是非常艱辛的大工程。至於日高近期發表的作品，你則改用打字的；和大學筆記一起找到的，寫在稿紙上的那些小說，才是你以前的作品吧？因為從日高的小說裡，找不到與這些作品吻合的內容。

其次，關於《冰之扉》這本書，你也必須想好後續的發展才行。你不但要讓警方看到構思劇情的小抄，還要親手書寫做爲不在場證明用的原稿。

接著是製作錄影帶。這個我剛剛也講過了，恐怕在去年年底你就拍好了吧？

然後，到了今年，你把日高初美的圍裙和照片拿到手。除此之外，應該也把旅行申請表、項鍊等小道具給備齊了。你想說申請表是舊的是吧？那種東西搞不好學校那兒就有之前剩下的。還有，你說衣櫃裡擺的佩斯利花呢領帶是初美送的，餐具架上的咖啡杯是兩人一起去買的，這些恐怕都是你最近才準備好的吧？

接著還有一件很重要的事。聽說日高夫婦爲了打包送去加拿大的行李，花了一個禮拜的時間，這中間你好像曾到他家去拜訪過一次。你去他家的目的，當然是爲了把兩件東西藏進行李裡，那兩件東西就是刀子和錄影帶。你甚至還費了點心思，把錄影帶放進挖空的書裡，這樣看來就眞的很像是日高邦彥刻意隱藏的了。

以上的準備都做好之後，接著就只是等四月十六日那天了。沒錯，就是案發當天。

不、不，這次的案件絕對不是臨時起意，這是經過長期安排、恐怖的計劃犯罪。

通常，所謂的計劃犯罪，犯人最常演練的是如何避免被逮捕，要怎樣做案才不會被發現，就算被發現了，要如何洗脫自己的嫌疑——犯人絞盡腦汁想的應該是這些。

不過，你此次犯罪計劃的目的卻完全不同。你一點也不避諱被逮捕，不，應該說，這所有的計劃都是在確定被逮捕的前提下擬定的。

簡單說來，野野口先生，你花這麼長時間、這麼多功夫要做的是動機，殺害日高邦彥的適當動機。

這眞是驚人的想法。要殺人之前，先想好殺人動機，這恐怕是前所未聞的事吧？一直到現在我才敢這樣講，在此之前我是多麼的煩惱啊。怎麼可能會有這樣的事？這就是我的心情寫照。

說起那卷帶子，如果一開始警察就有所懷疑的話，說不定就能早點認出那是僞造的。不過，搜查小組並沒有起疑，那是當然的。那卷帶子是證明犯罪動機的重要證據，又有誰會想到那是身爲犯人的你親手製作的呢？

寫在大學筆記及稿紙上的作品也是一樣，而暗示你和初美關係的小道具更是如此。如果那些東西足以證明你沒有犯罪的話，搜查小組肯定會調整目光，進而確認物品的眞僞。不過，事實並非如此，這些全是佐證你犯罪動機的證物。遺憾的是，現在的警察處理對被告有利的證據時會比較嚴謹，處理對被告不利的證據時則傾向於寬鬆。了不起的是你看穿了警察弱點。

而你特別厲害的地方，在於你不自己言明這個僞造的動機，而要警方東查西訪才找到。如果你一開始就滔滔不絕地把動機說出來，那麼，再怎麼笨的警察也會覺得哪裡不對勁吧。

你巧妙地引導警方走入錯誤的偵查方向，不，應該說是你設下的圈套。讓人以爲是日高作品出處的大量筆記及稿紙是你的，這是第一個陷阱。然後，第二個陷阱是圍裙、項鍊、旅行申請表，以及日高初美的照片。現在想起，當時我們遲遲找不到初美的照片，恐怕讓你很焦急。記得那時你跟我說：「請你不要在我屋裡亂翻，裡面有人家寄放在我這裡的重要書本。」因爲這個提示，我們才在《廣辭苑》裡找到了日高初美的照片。你引導得眞是漂亮啊！想必你自己也鬆了口氣吧？

就連第三個陷阱也多虧你的提示。案發後，你問日高理惠「日高邦彥的錄影帶放在哪裡？」理惠回答，送到加拿大去了。結果你請她行李一送回來就馬上通知你，有這回事吧？

因爲這些話，我聯想到日高邦彥的錄影帶裡說不定藏著什麼祕密。於是，才發現了在殺人未遂的那晚所拍的帶子。更驚人的是，這卷帶子還藏在日高所著的《螢火蟲》裡。只要讀過《螢火蟲》，任誰都會想到書中的描述與影帶的畫面相符，就連這個你也不著痕跡地引導。

說到這個，我想起事發當晚，我們相隔十年再度重逢，我向你詢問日高邦彥的作品，那時你首先推薦的就是這本《螢火蟲》。你連這個都事先算計好了，眞教我肅然起敬。

讓我們稍稍把時間倒回去一點，回顧一下那天的事。我說的那天，不用講，當然是你殺害日高邦彥的那天。

從上述的推理，你應該也可以瞭解，這次的命案絕對是有計劃的。不過，站在你的立場，你不希望任何人注意到這點，你一定要讓它被當作是臨時起意的犯罪，因爲如果不是這樣，僞造的動機就沒用了。

爲了謀殺的方法，你費盡了心機。使用刀子或毒藥是不被允許的，因爲這樣等於是公開承認打一開始就起了殺機。那麼勒斃怎麼樣？可是，一想到兩者體力的差距，光憑自己的力量要勒死對方好像困難了點。

於是你決定採取襲擊的方法。用鈍器從背後偷襲，等到對方倒下，再勒緊他的脖子，施予致命的一擊。

不過，這種方法也需要兇器才成，最好能直接應用日高家現有的東西。於是，你想到了日高平常慣用的紙鎮，用那個來敲擊應該沒問題吧？那要用什麼來勒脖子呢？對了！電話線正好可以派上用場——在我的想像裡，恐怕你當時也曾這麼自問自答吧。

不過，這時你的心裡卻產生了不安。做案當天，日高家的行李應該都整理得差不多了。這樣一來，有可能事先設想的兇器屆時已經不在了。電話線應該沒有問題。日高還有工作要趕，寫好的稿件得傳送出去，因此他不會先把電話收起來。

問題出在紙鎮上。對寫作而言，那並非不可或缺的東西，很有可能一早就被收到箱子裡去了——你連這點都考慮到了。

如果沒有紙鎮的話要怎麼辦呢？爲了避免這種情形，你心想還是得自己準備兇器才行。你準備了唐·貝利紐的粉紅香檳。如果有什麼萬一，你打算拿酒瓶充當兇器。

你剛到日高家的時候，並沒有馬上把那瓶香檳送出去。因爲一旦交到對方手上，恐怕就不能拿它當作兇器使用了。

你先和日高邦彥一起進入工作室，確認那方紙鎮是否還在原處。當你見到它時，肯定鬆了口氣吧？

後來藤尾美彌子來了，你們一進一出之後，你把香檳交給了理惠。如果紙鎮不在的話，我想你就不會把酒交出去，而會把它轉作殺人的兇器吧。慶賀喬遷之喜的香檳頓時變成了殺人工具，這種情況依然會給人一時衝動犯案的印象。不過，站在你的立場，如果可以的話，你認爲還是用日高的所有物——紙鎭來殺人會比較實際吧？

你在筆記裡沒有提到香檳的事，是因爲害怕警察會追究這方面的事吧？一開始我聽說的時候，我還懷疑莫非香檳裡下了毒呢。我甚至還問把它喝掉的飯店職員，那味道怎樣。他回答很好喝，我才排除下毒的可能。不過仔細一想，你是絕對不會用毒的。

話說回來，你用電腦及電話製造不在場證明的那招，還眞是了得。我的上司和同僚至今還搞不太懂其中的機關呢。

我有一個疑問，如果我們沒有識破你的技倆的話，那你打算要怎麼辦？假設你既不會被懷疑，也不會被逮捕……

你好像不想回答的樣子。

算了，現在才問這個已經沒有意義了。因爲，在現實生活裡，我們確實識破了你的計謀，也逮捕了你。

你累了嗎？這故事是有點長。不過，請你再忍耐一下。拜你所賜，我也筋疲力盡呢。

問題來了，你爲什麼要這樣做呢？以被逮捕爲前提，虛構假的犯罪動機，教人怎麼想都想不通。

我大膽推測之下，得出這樣的結論。因爲某事的發生，因而使你做出殺害日高邦彥的決定。而殺人的結果就是被逮捕，你已經有所覺悟。我在想，這一切應該都跟你的癌症復發有關。也就是說，假使你眞的被抓了，待在監獄的時間也不會太長。

不過，就算眞被逮捕了，你也非得隱瞞眞正動機不可。對你而言，那眞正的動機被公諸於世，比起以殺人罪嫌被逮捕還要可怕千百倍。

關於那眞正的動機，我很想聽你親口說出，怎麼樣？都已經到這個地步了，你再守口如瓶也沒有意義了。

……是嗎？

你怎麼樣都不肯吐實嗎？那我就沒辦法了，就讓我來說說我的推理吧。

野野口先生，你猜這是什麼？嗯，是的，是光碟。不過，這可不是拿來聽音樂的喔，講切實一點，這片光碟裡面存有電腦的資料。

現今電腦所用的軟體大都以這個方式儲存販售，遊戲、字典也常以這種形式問市。

不過，這並非市面販售的光碟，而是日高特地委託業者製作的東西。

你是不是很好奇裡面會有什麼資料？事實上，這裡面恐怕有你一直在尋找的的東西。

你知道了嗎？沒錯，這裡面存的是照片，它的性質類似影像光碟。

日高好像不習慣把小說用的資料照片擺在相簿裡。文壇中，甚早採用電腦設備的日高似乎在好幾年前，就已經作與把資料用的照片全部壓成這種光碟來保存，而最近他更使用了數位相機。

你想問我爲何會注意到這張光碟是吧？我徹底調查了你和日高的過去，並發現關於一張照片的事。那張照片拍攝內容如果和我想像的一樣，那麼至今爲止原本被忽略的事物突然都有了意義，它們全有脈絡可循。

我開始找尋那張照片。不，事實上，那張照片已經被某人處理掉了。不過，在這之前，它曾到過日高手裡。我心想，日高肯定會用某種形式把照片複製起來，於是，我發現了這張光碟。就讓我們別再賣關子了，那張照片拍的是藤尾正哉強暴國中女生的畫面。

這張光碟裡所儲存的畫面，活生生地重現了當時的影像。

本來我還想把它列印出來，帶來給你看的。不過，我臨時打消了念頭。這樣做毫無意義，只是喚醒你的痛苦罷了。

你應該已經知道我在那張照片裡看到了什麼吧？就跟我之前想像的一樣。沒錯，壓住那個女生，協助藤尾正哉施暴的人就是你！

關於你的國中時代，我稍做了一番調查。很多人講了很多事情，這其中也有談到校園暴力的事。

有人說，野野口曾被欺負；也有人說，不，不是這樣，那傢伙被欺負的時間很短，後來他反而加入欺負人的行列。其實，這兩種說法都是一樣的，你從頭到尾都被人欺負，只是欺負的形式不同罷了。

野野口老師您總算肯開口了？您教書的時候也曾經歷過這種事情，眞可謂切身之痛啊。我也是。校園暴力事件絕不可能銷聲匿跡，只要當事人都還在學校，就會一直持續下去。當老師說「已經沒有這類事件」的時候，只不過是他個人的幻想。

不難想像，那起強暴案成爲你心中難以治癒的傷痛。你不是因爲喜歡才做那種事情的吧？你心裡很清楚，只要違逆藤尾正哉，又要重新過著受盡凌辱的悲慘日子。因爲害怕這點，縱使百般不願，你還是讓自己的手沾上這麼骯髒的事。一想到當時加諸在你身上的罪惡感及自我厭惡，就連我這個局外人都覺得心痛。仔細一想，你當時所承受的最大暴力，就是被迫成爲那場暴行的共犯。

爲了換取這段令人詛咒的紀錄，就算犧牲生命也在所不惜——我心想，難不成這會構成此次的殺人動機？

可是……

你爲什麼突然對這個祕密緊張起來？不管是日高取得照片書寫《禁獵地》之前，或是新書發表之後，都沒有跡象顯示他曾跟第三人提起照片的事。這樣看來，你不認爲這個祕密會一直保守下去嗎？

請你不要到現在還想編造日高用照片威脅你的謊話。這種臨時撒的謊很快就會被揭穿。不說別的，這根本不像老謀深算的你會做出來的事。

我猜這和藤尾美彌子有關，她的出現把一切都攪亂了。

因爲《禁獵地》一案，她打算和日高對簿公堂，日高在逼不得已的情況下，也只好走這一步，於是你突然不安起來。會不會哪一天，那張討厭的照片被當作呈堂證物給送進了法庭?!

這是我自己想的，我想打從日高開始寫那本小說以來，你就一直抱著不祥的預感，時時刻刻提心弔膽地吧？而藤尾美彌子的出現讓你的恐懼達到了頂點，終於下定殺人的決心——這是我的推測。

不過，光這樣還無法解釋所有的事情。不，事實上，以上這番推理漏掉了一件最重要的事。那就是，你和日高邦彥到底是怎樣的關係？

因爲不想讓不堪的過去被公開，於是殺了握有證據的人，這是可以理解的。只不過，這個知道祕密的人平常就對自己親切有加。難道你不認爲就算日高和藤尾美彌子的官司陷入膠著，他也會繼續替你保守祕密嗎？

在你的自白書裡，你極力描寫你們之間充滿憎恨的關係。不過，在那些謊言被戳破的現在，就必須捨棄這個前提。

我們僅就目前掌握的事實，來檢視日高如何待你。得到的結論如下：雖然你們從國中之後就沒再碰面，不過日高仍大方接納在國中時期仇視他的你，恢復了兩人的友誼。不只如此，他還替你介紹出版社，讓你能在兒童文學界立足。而三番兩次與藤尾美彌子的談判中，他一直都沒有把與《禁獵地》這本書有密切關係的你供出。

綜合這些事實所呈現出的日高形象，與他少年時的故事非常吻合。例如，曾經有人告訴我：「不管對誰，他總是非常親切。」

我想，至少日高自己是眞的把你當作好朋友看待吧。這麼一想，一切就通了。

不過，在做出這個結論之前，我還花了一點時間。怎麼說呢？這和我先入爲主認定的日高實在差太多了。事實上，在採訪日高少年時代的過程中，這個觀念一直牽絆著我。

於是我心想，爲什麼會產生這樣的矛盾？是因爲我讀了你僞造的自白書？不是，早在更早之前，我就對日高抱持某種固定的看法。這個看法是從何而來的呢？終於我想到一件事情。

我想起你一開始寫的，案發當天的紀錄。

那份紀錄裡，我只注意與案情直接相關的部分。不過，事實上，在一個很不起眼的地方，暗藏著一條意味深遠的線索。

看你的臉色，你應該已經猜到我要說什麼了吧？嗯，是的，我講的是殺貓那件事，那隻貓是你殺的吧？

我找到了農藥。你屋外的陽台擺了兩個盆栽，裡面的土驗出農藥的成分。你做完毒丸子之後，不知要怎麼處理剩下的東西，於是就把它和那些土混在一起，是吧？

找到的農藥和從貓屍上化驗出的農藥屬於同一種。嗯，屍體還沒有全部化掉，飼主把它裝進箱子，埋在院子裡。

鄰居的貓很討厭，你曾聽日高提起這件事吧？或是你讀過那篇名爲《忍耐之極限》的短文？不，你們倆的感情那麼好，應該是直接聽他講的吧。

你做好了毒丸子，趁日高夫婦不在家的時候，偷偷放到他們家的院子裡，於是貓被殺死了。你爲什麼要這樣做呢？理由只有一個，就是我從剛才一直講的，爲了營造日高的形象。

因爲這次事件，我對藝文界多少有些了解。我記得在做作品評論的時候，經常會用上「性格描寫」這句話。當作者想讓讀者了解某個人物的時候，直接說明陳述遠不如配上適當的動作和台詞，讓讀者自己去建構人物的形象。這就是「性格描寫」吧。

你在寫那篇假筆記時就已經想到，必須打一開始就讓日高的殘酷形象根植在讀者——也就是警方的心裡，而你設想好的橋段就是貓被毒害的事件。

案發當日，你在日高家的庭院遇到貓的飼主新見太太，應該算是意外。不過，這對你而言正好。以這番偶遇作爲筆記的開頭，日高殺貓的事就更具眞實性了。

說來慚愧，我完全被你的把戲給誤導了。我逮捕了你，明明知道你最先寫的筆記不可相信，卻沒料到連殺貓的那段也是假的，一直沒有把自己對日高的印象給矯正過來。

我只能說，你眞是太了不起了。我覺得這是你本次佈下的所有陷阱裡，最高明的一樁。

而當我發覺這個殺貓陷阱時，腦中忽然閃過一個念頭。說不定，你製造這個陷阱的目的也就是你此次犯案的目的——

也就是說，你最終的目的在貶低日高的人格。這樣一想，這起案件總算眞相大白了。

我剛剛陳述你的犯罪動機時，說到你是爲了隱瞞國中時代的可憎過去，所以才殺了日高。關於這一點，你沒有否認，而我也一直認爲是這樣。

不過，我是這麼想的，這只不過是讓你決定殺人的導火線而已。

我試著想像，從你對日高起了殺意，一直到你實現計劃爲止，這其中的心路歷程有著怎樣的轉折。基於上述的理由，你必須製造一個殺害日高的適當動機。然而，你必須想出一個被公佈時，世人同情的目光會集中到自己身上，反倒是被害者日高受人唾棄的動機。

在此考量之下，你捏造了與日高初美的不倫關係，並進而想出被逼做影子作家的故事。如果順利的話，你甚至能夠得到日高問世作品之正牌作者的美譽。

正因爲懷著這樣的目的，你才會複製大量的手抄稿，弄到自己的手指都長繭，甚至不惜在寒夜裡，費上那麼大的功夫去拍一卷假的錄影帶。你得花幾個月，才能做到這樣周全的準備？如果光爲了隱瞞過去，弄個比較容易懂的動機不就好了？

你費盡心思想出計劃，就爲了破壞日高辛苦構築的一切。而殺人這件事，只是這個計劃的一小部份而已。

就算被逮捕也不怕，即使賭上自己所剩無幾的人生，也要貶低對方的人格。這是怎樣的一種心態啊？

說老實話，我實在找不出任何合乎邏輯的理由。不過，野野口先生，你也是這樣吧？說不定連你自己都釐不清？

我想起十年前親身經驗的某件事。你還記得嗎？我們班的小孩在畢業典禮之後，用刀子刺傷了一直以來欺負他的學生。當時那個欺負人的主謀曾說了這麼一句經典台詞：「總之我就是看他不爽。」

野野口先生，你的心境應該也跟當時的他一樣吧？在你的心裡深藏著對日高的恨意，這仇恨深得連你自己都無法解釋，而它正是造成這次事件的緣由。

這股恨意到底從何而起呢？我非常仔細地調查你兩人的過去，然而發現沒有任何理由足以讓你怨恨日高。他是個非常好的少年，又是你的恩人。你和藤尾正哉曾經聯手一起欺負他，他卻反過來救了你。

不過，我知道這樣的恩德反而招致了怨恨。因爲在他面前，你不可能沒有自卑感。

接著你長大成人了，你又不得不陷進嫉妒日高的泥淖裡。這世上你最不想輸給他的人，竟然率先一步成爲作家。我試著想像你獲知他奪得新人獎時的心境，不禁全身汗毛都豎立起來。

即使如此，你還是去拜訪了日高，因爲你打心底想要成爲作家。你相信和日高保持聯繫將助你早日完成夢想，於是，你暫時鎖封住心底隱藏的恨意。

然而，你的人生是那麼的坎坷。是運氣不好，還是才能不夠？我不得而知。總之你不但沒能成功，還得了癌症。

我相信你心裡的封印是在覺悟死亡的那一刻解開的，你無法忍受就這麼抱著對日高的恨意離開人世。而引燃這股恨意的是日高握有你過去祕密的事實。

以上是我所想的事實眞相，你有沒有什麼話要說？

既然你沉默不語，我可以將它解釋成默認嗎？

好像說得太久，連我的口也乾了。

啊，對了，我再補充一點。

從你和你母親過去的言行，我感到你們好像對日高還有住在附近的人存著某種偏見。不過，我敢說不論如何醜惡的偏見，它的產生絕對不是歷史或地方的錯。

青少年時期，你之所以討厭日高，理由之一恐怕是因爲你母親不自覺流露出的那份輕蔑吧，我想這有必要澄清一下。

最後，我打從心裡祝你手術成功。不管怎樣，我都希望你能夠活下來。

因爲法庭正等著你。

國家圖書館出版品預行編目資料

惡意／東野圭吾著；婁美蓮譯. -- 初版. - 台北市：獨步文化：家庭傳媒城邦分公司發行，民93
面；　公司. --（東野圭吾作品集；1）
譯自：惡意
ISBN 978-986-6954-19-1（平裝）

861.57　　95015761

東野圭吾作品集01　惡意

原著書名／惡意
原出版者／講談社
作　　者／東野圭吾
翻　　譯／婁美蓮
責任編輯／鄭靜儀

發 行 人／涂玉雲
總 經 理／陳蕙慧
出　　版／獨步文化
城邦文化事業股份有限公司
100台北市中山區信義路二段213號11樓
電話：(02) 2356-0933　傳真：(02) 2351-9179; (02) 2351-6320
發　　行／英屬蓋曼群島商家庭傳媒股份有限公司
城邦分公司
台北市中山區民生東路二段141號2樓
讀者服務專線：(02) 2500-7718; 2500-7719
24小時傳真服務：(02) 2500-1990; 2500-1991
服務時間：週一至週五上午09：30-12：00; 下午13：30-17：00
讀者服務信箱E-mail：service@readingclub.com.tw
劃撥帳號／19863813
戶　　名／書虫股份有限公司

香港發行所／城邦（香港）出版集團有限公司
香港灣仔軒尼詩道235號3樓
電話：25086231　傳真：25789337
馬新發行所／城邦（馬新）出版集團
Cite (M)Sdn. Bhd. (458372 U) 11,Jalan 30D/146, Desa Tasik,Sungai Besi, 57000 Kuala Lumpur Malaysia
電話：603-9056 3833　傳真：603-9056 2833
E-mail: citekl@cite.com.tw

美術設計／黃寶琴
印　　刷／中原造像股份有限公司
排　　版／浩瀚電腦排版股份有限公司
總 經 銷／大和書報圖書股份有限公司
電話：(02) 8990-2588；8990-2568　傳真：(02) 22901658；22901628
□2004年（民93）2月初版
□2006年（民95）9月25日初版七刷
售價／240元
Printed in Taiwan

 ISBN 978-986-6954-19-1

獨步文化
APEX PRESS

廣 告 回
北區郵政管理登記
台北廣字第00079
郵資已付，免貼郵

104台北市民生東路二段 141 號 2 樓
英屬蓋曼群島商家庭傳媒股份有限公司　城邦分公

請沿虛線對摺，謝謝！

獨步文化
APEX PRESS

書號：1UE001X	書名：惡意	編碼：

獨步文化 APEX PRESS

讀者回函卡

謝謝您購買我們出版的書籍！請費心填寫此回函卡，我們將不定期寄上城邦集團最新的出版訊息。

姓名：＿＿＿＿＿＿＿＿＿＿＿＿ 性別：□男 □女

生日：西元＿＿＿＿年＿＿＿＿月＿＿＿＿日

地址：＿＿＿＿＿＿＿＿＿＿＿＿

聯絡電話：＿＿＿＿＿＿＿＿傳真：＿＿＿＿＿＿＿＿

E-mail：＿＿＿＿＿＿＿＿＿＿＿＿

學歷：□1.小學 □2.國中 □3.高中 □4.大專 □5.研究所以上

職業：□1.學生 □2.軍公教 □3.服務 □4.金融 □5.製造 □6.資訊

□7.傳播 □8.自由業 □9.農漁牧 □10.家管 □11.退休

□12.其他＿＿＿＿＿＿＿＿

您從何種方式得知本書消息？

□1.書店 □2.網路 □3.報紙 □4.雜誌 □5.廣播 □6.電視

□7.親友推薦 □8.其他＿＿＿＿＿＿＿＿

您通常以何種方式購書？

□1.書店 □2.網路 □3.傳真訂購 □4.郵局劃撥 □5.其他＿＿＿＿

您喜歡閱讀哪些類別的書籍？

□1.財經商業 □2.自然科學 □3.歷史 □4.法律 □5.文學

□6.休閒旅遊 □7.小說 □8.人物傳記 □9.生活、勵志 □10.其他

對我們的建議：＿＿＿＿＿＿＿＿＿＿＿＿

＿＿＿＿＿＿＿＿＿＿＿＿

＿＿＿＿＿＿＿＿＿＿＿＿

＿＿＿＿＿＿＿＿＿＿＿＿

請於此處用膠水黏貼